大亨小傳

THE GREAT GATSBY

F. Scott Fitzgerald

史考特·費茲傑羅／著

笛藤出版

　　費茲傑羅為二十世紀美國最具代表性的小說家。一九二〇年代可以稱為美國的文藝復興時期，亦被稱為「爵士年代」。這狂亂年代代表的便是——前所未有的貪婪、縱情享樂、消費至上，許多人一夕成名、一夜致富，然後迅速地頹廢淪喪。一般認為費茲傑羅為「爵士年代」的代表作家，而他本身則將這段時期定義為「一個成長之後卻發現所有上帝都已死亡、所有的仗都已打完，所有對人類的信心都已動搖的世代」。

　　費茲傑羅，1896 年生於明尼蘇達州的聖保羅市，父親經商失敗窮困潦倒，內心卻有貴族的氣質；母親家麥昆蘭家族是愛爾蘭移民，相當富有卻缺乏正統教育，小時候的費茲傑羅，便在如此矛盾的環境之中長大。之後他就讀普林斯頓大學，在校熱衷於社團寫作，學業數度出問題，最後於 1917 年輟學從軍。服役期間與法官的女兒賽爾妲·莎爾相戀，退伍後因經濟原因遲遲無法與賽爾坦結婚。直至 1920 年，《塵世樂園》出版，一舉成名，才如願以償娶賽爾妲·莎爾為妻。

　　為了滿足並提供妻子與自己奢華的生活，費茲羅傑常替時尚雜誌與電影公司寫專欄文章，但仍負債連連，因此過

著放蕩不羈、內心卻充滿迷惘與恐懼的生活。這段傷痕累累的婚姻與後續的許多衝突，都對他後來的寫作起了莫大的影響。晚年因妻子精神狀況不佳，加上經濟拮据，無法支付奢靡的生活開支，他的酗酒問題更形嚴重。1937 年，費茲傑羅企圖振作，至好萊塢擔任編劇工作，並開始著手寫長篇小說《最後一個銀壇大亨》。而後，1940 年因心臟病驟然離開人世。

在費茲傑羅的生平作品中，包括有五部小說：《塵世樂園》、《大亨小傳》、《美麗與毀滅》、《夜未央》與《最後一個銀壇大亨》（最後一部為未完成的著作），以及六冊短篇小說集，和選錄了他一些自傳作品的《崩潰集》。費茲傑羅生前，因為私生活的奢靡，使得大眾以偏概全，漠視他的作品；死後，他的地位才漸漸受到重視。紐約時報曾評論費茲傑羅：「他本人比他所認識的自己還要出色，因為無論就事實或是文學的觀點而論，他都創造了一個『世代』……費茲傑羅也許為這一代的人做了詮釋，甚至引導了他們，因為當他們步入中年，會眼見一種不一樣的、更崇高的自由，面臨毀滅的命運。」

在心靈無法沉澱、美夢轉瞬即逝的時代裡，費茲傑羅短暫乍現、精彩的一生，好似註解了絢麗多彩的「爵士年代」光環，堪稱是最能反映二〇年代美國精神與思想情感的小說家。

飛蛾撲火的愛情軼事

《關於本書》

　　二〇年代美國最具代表性的作家費茲傑羅，其最令人動容的鉅作《大亨小傳》，深刻記錄「爵士年代」的徬徨氛圍，華麗不安的美國夢想在本書中淋漓盡現。作者將自己隱身於書中的一隅，以參與者的姿態，完全暴露縱情狂歡的「爵士時代」，展現了最高境界的魅力與幻象，扣人心弦。

　　《大亨小傳》是費茲傑羅最傑出最廣為人知的作品，內容忠實呈現二〇年代美國社會的繁華與亂象。此書甫一出版，即獲海明威與 T.S. 艾略特極高的評價。全書內容在描述蓋茨比這位傳奇大亨的一段夢想中的愛情故事。

　　蓋茨比是誰，從來沒有人知道。

　　有人說他曾經當過德國間諜，殺過人；也有人說他是某歐洲皇族的後裔。在他位於長島的豪華別墅裡，舉辦過多場宴會，幾乎每個人都曾接受過他熱情的款待，但最令人驚訝的卻是，幾乎沒有人認得宴會的主人。他似乎是個沒有背景、沒有過去的人，雙眼不斷地在這片浮華富麗的世界之中尋找著某樣東西⋯⋯。

　　其實，蓋茨比費盡心思，大張旗鼓的動作，就只為了重

現一段未竟的情緣。他等了五年，買了一棟豪華別墅為偶爾到來的飛蛾，營造一點星光——而這一切只為了能在某天下午，和自己的初戀情人『不期而遇』。期盼與心愛的黛西見上一面，他特地斥資在她家對岸買了華麗的別墅，以便能在夜深人靜之時，遙望對岸的那盞綠光——他日夜神往的愛人所在之處。而在蓋茨比華宅中，宴會不斷，紅男綠女穿梭不息，就是因為他期望能藉由這些宴會的舉行，瞥見愛人的身影。細膩的男女情感描述，貼近當時社會環境的生活背景，費茲傑羅寫活了美國二〇年代，人性的虛無、急進與無力感。

　　雖然《大亨小傳》在出版當時，因為費茲傑羅縱情享樂的私生活而未受到重視，但在費茲傑羅死後，美國文壇才重新單以作品的內涵與價值來正視此書，認為《大亨小傳》深刻表現「爵士時代」的社會人文實況，並推崇費茲傑羅是美國文化發展過程中不可或缺的一頁。《大亨小傳》雖然只是一部愛情小說，但作者藉由魔力的筆觸帶領讀者細細品味美國二〇年代的希望與熱情、幻想與破滅，使得此書豐富的人文與彷徨於世代交錯的人性孤寂，得以挑動無數讀者的心，久久無法停歇。

大亨小傳

THE GREAT GATSBY

One

她們知道晚餐很快就會結束，再過一會，黑夜也會結束，之後就會被遺忘了。這點和西部截然不同，西部的晚宴總是緊鑼密鼓地一個接著一個，每個階段大家就盼著後頭還有更精彩的，但希望卻總是一再落空，要不然就是時時刻刻都感到緊張不安。

在年紀尚輕、心性未定時，父親給了我一個忠告，至今我對他的話仍記憶猶新。

「每當你想批評人的時候，」他對我說，「只要記住一點，這個世上並非所有的人都像你一樣，從小就得天獨厚。」

他沒有再多說什麼。我們之間的話雖然不多，心意卻異常相通，當時我便聽出父親話中有話，也因此養成了不妄加斷語的習慣，但這個習慣卻讓許多性格怪異的人樂於向我透露心聲，還有不少言語乏味的討厭鬼也來糾纏。一旦正常人有這種性情，心態異常的人總是很快便能感知並趁機接近，所以我在學校裡便被扣上了政客的帽子——因為總有一些奇奇怪怪的陌生人向我傾吐內心的煩惱，但其實大部分的隱私都不是我刻意去探知的。每當從某些明顯的跡象察覺到對方馬上就要吐露隱私時，我總會假裝睡著、或故作忙碌，或是開個惡意的玩笑。因為年輕人吐露的隱私，至少他們用以表達的辭句，大多不脫窠臼，更糟的是他們總會有所隱瞞。對人不妄加批評代表了無限希望。父親曾經自負地表示，與生俱來的基本禮儀觀念，並非人人相同，而我也經常自負地複述這番話——但我仍有些擔心自己會忘了這一點，而有所失。

然而，儘管我如此吹噓，卻得承認自己的寬容是有限度的。人的行為可能奠基於磐石，也可能根植於池沼，但一旦過了一定限度，我便不在乎它的源頭了。去年秋天，從東部回來之後，我真希望所有的人從此穿上制服，並對道德觀念肅然起敬。我再也不希望享有自由窺探人心的特權，只有蓋茨比——本書的主人翁，讓我有了不同的反應。蓋茨比，他代表了我所鄙視的一切。假如人的性格是由

一連串精彩的姿態所組成，那麼他確實有其不平凡的一面，他對於人生前景有一種極為強烈的敏感度，彷彿在他身上連結著一具精密的儀器，可以測知萬哩外的地震似的。這種靈敏與一般美其名為「創作氣質」的多愁善感完全不同——這是一種特殊的樂觀稟賦，一種隨機應變的浪漫，我從未在其他任何人身上發現過這種特質，將來也不可能再發現。不，其實蓋茨比最後的結果也還算圓滿。我之所以對人世間虛無縹緲的悲喜暫時失去興趣，便是因為蓋茨比內心所受的一切折磨，以及在他幻夢破滅後漂浮而來的那片汙濁塵霧。

我們卡拉威家在這個中西部的城裡，已經是富過三代的名門望族了，大概就像是蘇格蘭高地的氏族，因為據族人們所說，我們的祖先正是蘇格蘭柏克琉地方的公爵世家。而我這個支系的老祖宗是我的伯祖父，他在一八五一年移居到這裡，南北戰爭期間找了個人頂替他去打仗，然後開始做起五金的批發買賣，如今父親還繼續經營著這項祖業。

我從未見過這個伯祖父，但我應該長得很像他——從掛在父親辦公室裡那幅板板正正的畫像便可以看得出來。一九一五年，我從紐哈文的耶魯大學畢業——剛好比父親由母校畢業晚了四分之一個世紀——後來又參加了世人所謂的「世界大戰」，其實倒像是現代的日耳曼民族大遷徙。這場反侵略的仗我打得興致昂揚，即使回來之後也仍靜不下心來。如今，中西部對我而言已不再是世界溫暖的核心，似乎是宇宙的窮鄉僻壤，於是我決定到東部去學習股票買賣。我認識的每個人都做這一行，再多我一個應該無所謂吧！我那些叔伯姑媽們都在討論這件事，緊張的模樣就像想幫忙挑一間最好的私立中學，好讓我準備升學似的。最後，他們才以非常嚴肅而猶豫的

神情說：「那麼……好…吧……」父親答應資助我一年。幾經延宕之後，終於在一九二二年春天來到東部定居，當時我以為自己是不會再回去了。

如果能在市區裡找到住處是比較實際的做法，但當時正值暖季，又是剛剛離開一個碧草如茵、花木扶疏的地方，因此當某個同事提議一起到郊區小鎮租房子，我一聽就覺得是個好主意。他過沒多久就找到房子，是一間飽經風雨摧殘的小木屋，月租八十美元。不料就在搬家前夕，公司臨時將他派往華盛頓，我只得獨自搬往郊區。當時我有一隻狗——至少是養了幾天以後，牠才跑掉的——和一輛道奇的老爺車，還有一個芬蘭女傭替我整理床鋪、準備早餐，每當她站在電爐前，總會喃喃自語叨唸著一些芬蘭人的大道理。

寂寥了一、兩天之後，一天上午，有一個比我對此地更陌生的人在半路上攔下我。

「請問西卵鎮該怎麼走？」他無助地問道。

我向他報了路。而當繼續往前走時，我已經不再寂寞。頓時間我變成嚮導、拓荒者、移民始祖，他在無意中使我成為了鄰里間的榮譽人士。

安頓下來之後，眼看著每天陽光普照，樹上的綠葉也像快速影片中成長的事物一般瞬間萌發，於是我再次相信隨著夏季的到來，人生又要重新開始了。

要做的事還真不少，一方面有太多書要看，另一方面藉著清新

的空氣又可以從事許多有益健康的活動。我買了十幾本有關銀行學、信用貸款與證券投資方面的書，這些書鑲金帶紅地立在書架上，活像剛出廠的新鈔，等著向我透露只有國王麥達斯、金融家摩根與巨富米賽納斯這些具有點石成金本領的魔術師才知曉的黃金祕訣。除此之外，我也很想再看看其他的書。在學校裡，我算是相當具有文藝氣息的，我曾經為「耶魯新聞報」寫了一系列很嚴肅但很粗淺的社論，而且寫了一年。而現在我打算重拾這一切，讓自己再次成為「通才」，也就是才能最有限的專家。這可不只是一句俏皮話，畢竟，專心致志的人所面對的人生總是比他人成功得多。

我租的房子之所以會位在北美最怪異的一區，其實純屬巧合。此區位於紐約正東方延伸出來的一個細長而古怪的島上，這裡除了一般的自然景觀之外，還有兩方結構怪異的土地——外型看似一對巨卵，距離市區二十哩地，輪廓相仿，中間僅隔著一道所謂的內灣。兩地向外凸伸，伸進了西半球最無波無瀾的鹹水裡，也就是偌大的長島海灣水域。這兩個卵形地並非十足的橢圓形，而是像哥倫布實驗裡的蛋一樣，接鄰陸地的一端都有點壓扁了，不過兩地外形的相似想必始終讓遨遊上空的海鷗感到好奇吧！對我們這沒有翅膀的族群而言，還有一個更有趣的現象，那就是這兩個地方除了外形與大小，其餘竟截然不同。

我住在西卵，也可以說是比較落後的一邊。不過這只是一種浮泛的說法，因為這兩地之間，其實還存在著古怪甚至險惡的差異。我的房子恰好位在卵形的尖端，距離海灣只有五十碼，擠在兩棟每季租金一萬二到一萬五的豪宅之間。在我右手邊的那棟，無論以什麼標準而言都可說是宏偉壯觀，房子是仿法國諾曼第某些市府的樣

式建成的。而另一側是一座披覆著稀疏藤蔓的嶄新塔樓，還有一個大理石游泳池和四十多畝的草坪與庭園。那是蓋茨比的華宅。其實我並不認識他，只知道住在裡頭的是一個名叫蓋茨比的紳士。我住的房子雖然礙眼，卻也不至於太刺眼，不會有人注意，因此我可以欣賞海景，還可以看到鄰居的部分草坪，尤其能和百萬富翁比鄰而居更是叫人欣慰，而這一切只要花我月租八十塊美元。

內灣對岸沿著水濱，東卵那些時髦的大別墅閃亮耀眼。而那年夏天的故事真正要從我開車到對岸，與湯姆・布坎南夫婦共進晚餐的那天晚上說起。黛西是我的遠房表妹，而我和湯姆則是在大學就認識的，戰後不久我曾經到芝加哥去找他們，在那住了兩天。

黛西的丈夫湯姆是個運動健將，更是紐哈文橄欖球隊歷年來難得一見的傑出足球員，他可說是全國性的風雲人物，而像他這種在二十一歲便已登峰造極的人，後來無論做什麼總有一點走下坡的意味。他家道極其富裕，就連在學校的時候，也曾因揮霍而招人非議，如今離開芝加哥搬到東部來，其排場之大更是令人屏息，例如他就曾將弗瑞斯湖一整批打馬球用的馬全都運了過來。實在很難想像，我這一代竟然有人闊綽到如此地步。

他們是怎麼到東部來的，我不知道。他們待過法國，也不知道為什麼只待了一年，之後則是毫無目的地東飄西蕩，只要哪裡有人打馬球、哪裡有有錢人聚在一塊，他們就上哪去。「這回要定下來了」，黛西在電話上這麼說，但我不相信。不知道黛西怎麼想，不過我總覺得湯姆會飄蕩一輩子，帶著些許的企盼、尋求在過去某場球賽中所曾享受到的刺激。

　　於是，就在一個溫暖有風的傍晚，我開車到東卵，去看兩個幾乎毫無所知的老朋友。他們的房子比我想像中還要豪華，那是一棟殖民地時代喬治王朝風格的宅邸，俯臨海灣，紅白相間，色彩亮麗。草坪從海灘往前門延伸了四分之一哩長，中間跨過了日晷、磚道和幾個奼紫嫣紅的花園，最後到了屋前，卻彷彿衝勢太強似地停不下來，又變成青綠的藤蔓往牆邊上爬。屋子正面嵌了一整排的落地窗，窗扇在溫暖有風的午後大敞，被金黃夕陽映射得閃閃發亮，而湯姆‧布坎南則是一身騎士打扮，跨開了雙腳站在前門陽台上。

　　湯姆已經不再是紐哈文學生時期的模樣，他如今已是個三十歲、身強體健、髮色淡黃的男人，嘴邊帶點冷酷，一副目中無人的神情。在他臉上最突出的就是那雙炯炯有神而傲慢的眼睛，這使他總是顯得咄咄逼人；他穿的那身騎士裝華麗得有點女人味，卻也掩飾不了那副軀體的巨大力道；他穿上那雙亮得發光的靴子時，似乎總要把鞋帶從頭到尾束得緊緊的才肯罷休。這時肩膀動來動去，不難見到在薄薄的外套底下有一塊又一塊的肌肉相互牽動，那是一個孔武有力的身軀，一個悍戾的身軀。

　　他說話的聲音又粗又有點尖厲，更給人加深了暴躁乖僻的印象。這其中有點長輩高高在上的味道，即使對他喜歡的人也不例外，在紐哈文就有人為此恨他入骨。

　　「好了，可千萬不要因為我的力氣比你大、比你有男子氣概，就一切以我的意見為意見哦！」他就是這麼說話的。最後我們一起加入了同一個榮譽社團，雖然一直不熟，但我總覺得他很欣賞我，渴望接近我卻故意表現出酷酷的傲慢模樣，希望我也能喜歡他。

我們在陽光照耀的陽台上聊了幾分鐘。

「我這地方還不錯。」他說，眼光閃爍不定。

他抓著我的手臂將我轉過來，然後用他寬大的手掌橫掃過眼前的遠景，其中包括了一個凹型的義大利式花園，一個佔地半畝、莖長又多刺的玫瑰園，近海處還有一艘前端扁平的汽艇逐浪飛馳。

「這些本來是石油大王迪曼的。」他又把我轉過來，很禮貌也很突然。「進去吧！」

我們穿過了一道挑高的玄關，走進一個玫瑰色調的明亮廳室，廳室兩頭連著雙門落地長窗，靈巧地鑲在整座屋宅之中。窗門微開，外頭那片草地彷彿都要漫進屋裡來了，在那清新綠意烘托下，落地窗更顯得閃亮潔白。一陣微風吹進屋內，把窗簾吹得像一面面淺淡旗幟，這一邊吹進來，那一邊吹出去，又往上盤捲飄向天花板那糖霜蛋糕似的裝飾，然後在酒紅色的地毯上留下起伏波動的影像，就像風吹拂過海面一樣。

房裡只有一張巨大的沙發是唯一完全靜止的東西。沙發上坐著兩名年輕女子，她們那種輕飄飄被沙發拱住的感覺，就像坐在一個被繫住的氣球上。她們倆都穿著白色衣裳，衣裙在風中飄動、鼓脹，彷彿隨風在屋外飄了一圈，剛剛才被吹回來。我聽著窗簾啪噠啪噠響以及牆上一幅畫發出的吱嘎聲聽得入神，大概呆立了好一會。忽然間轟的一聲，湯姆・布坎南關上了後面的落地窗，被關在屋裡的風漸漸停息，窗簾、地毯和那兩名年輕女子也緩緩飄降到地面。

其中較年輕的那名女子，我並不認識。她舒展全身坐在沙發的一頭，一動也不動，下巴微微抬起，好像要頂住什麼東西，以免它掉下來一樣。不知道她是否瞥見了我，總之她一直不動聲色，而我倒是嚇了一跳，幾乎就要為自己進屋打擾了她而囁嚅地說聲抱歉。

另一名女子是黛西，她作勢要站起來，身子略往前傾，神情正經，但又忽然地笑了出來，滑稽卻迷人的一笑，讓我也笑了，接著便走進了屋裡。

「我真是樂呆了。」

她又笑了，好像自己說了非常風趣的話，她拉著我的手握了好一陣子，並且仰頭望著我，好像在對我說這世上她最想見的人就是我。黛西就是這樣一個人。她悄悄對我說那個下巴抬得老高的女孩姓貝克。（我曾聽說黛西說話之所以壓低聲音，只是為了讓人靠近她——一句無聊的閒話，無損其迷人之處。）

不管怎麼樣，貝克小姐的嘴唇還是動了一下，很輕很輕地點了個頭，然後很快地又將頭抬高。若是她頂在下巴上的東西稍有晃動，那才能讓她大吃一驚吧！我又差一點向她道歉。凡是可以無視於他人存在而自得其樂的人，幾乎都能讓我佩服得五體投地。

我將眼光移回到表妹身上，因為她開始用那低沉、迷人的聲音向我提出問題——那種聲音總能叫人豎耳傾聽，就好像每一句話都是一串即將成為絕響的音符。她的臉有些憂傷，也因為有著亮麗的五官而顯得美麗，亮麗的雙眼還有亮麗而熱情的雙唇。但讓凡是喜歡過她的男人感到最難以忘懷的，卻是她那令人銷魂的聲音：一會

是高亢清揚的歌聲，一會是喃喃低語的一句「你聽」，聲音裡像是在說她剛剛做了一些刺激快活的事，而下一刻馬上又有更刺激快活的事等著了。

我告訴她我在到東部來的途中，順道在芝加哥待了一天，有十幾個朋友託我向她問好。

「他們想我嗎？」她欣喜若狂地大喊。

「整個芝加哥都好淒慘。所有的車子都將左後輪漆成黑色，作為哀悼的花圈，北邊的湖畔更是整晚哀號聲不斷。」

「太美了！湯姆。我們回去吧！明天就走。」然後她沒頭沒腦地接了一句：「你得看看我女兒。」

「好呀！」

「她已經睡了，今年三歲了。你從來沒見過她嗎？」

「沒見過。」

「那你非得見見她不可。她……」

剛才一直不耐地在廳裡走來走去的湯姆・布坎南，忽然停了下來，手按在我的肩上。

「你現在在做什麼，尼克？」

「做股票。」

「在哪做？」

我說了。

「沒聽過。」他回口便說。

這讓我覺得生氣。

「會的。」我也不客氣地回他，「只要你留在東部，以後就會聽說了。」

「你放心好了，我會留在東部的。大笨蛋才會搬到其他地方去。」他說話的時候瞄了黛西一眼，又轉眼看看我，好像防著什麼事似的。

就在這個時候，貝克小姐說了一句：「對極了！」由於太過突然，我不禁嚇了一跳。打從我進屋起，這是她開口說的第一句話。她的驚訝顯然並不亞於我，因為她打了一個呵欠後做了一連串迅速、敏捷的動作，並站起身來。

「我整個人都僵了。」她抱怨著說，「好像已經在那個沙發躺一輩子了。」

「別看我，」黛西反駁道：「我一整個下午都想拉妳一塊到紐約去的。」

「不用了，謝謝。」貝克小姐婉拒了端上來的四杯雞尾酒。「我最近在鍛鍊身子，很乖的。」

19

男主人看著她，感到難以置信。

「是嗎？」他一口氣把酒喝光，就好像杯底只剩下一滴似的。「我就不知道妳能做得成什麼事。」

我看著貝克小姐，心想不知她能「做得成」些什麼。我很喜歡看她，她身材苗條，胸部不大，上半身挺得筆直，尤其肩膀總是像個軍校生用力往後聳，更顯得英挺；她也用那雙被太陽曬得瞇瞇的灰色眼睛看著我，眼神中同樣帶著禮貌性的好奇，而眼睛底下的那張臉則是蒼白、迷人，又透著不滿。這時我忽然覺得自己曾經見過她，又或許是見過她的相片。

「你住西卵，」她輕蔑地說，「我認識一個人也住那。」

「我沒認識的，一個也……」

「你一定知道蓋茨比。」

「蓋茨比？」黛西問道，「哪個蓋茨比？」

我還沒來得及說他是我的鄰居，管家就來通知開飯了。湯姆·布坎南用強而有力的手臂硬是勾住我的手，將我強行拖離，好像把一顆棋子推到另外一格去似的。

兩位年輕女士窈窕慵懶地將手攔在腰間，先我們一步走出去，走到那個面對著夕陽、充滿玫瑰色彩的陽台，桌上還擺了四根蠟燭，燭光在微弱的風中搖曳不定。

「何必點蠟燭呢？」黛西皺著眉頭抱怨，把燭火捻熄。「再過兩個禮拜，就是一年裡頭白晝最長的日子了。」她忽然又神采飛揚地看著我們。「你們會不會老是等著一年裡白晝最長的那天，結果卻還是錯過了？我就老是盼著那一天，結果還是錯過了。」

「我們得做點計畫。」貝克小姐邊打呵欠邊說，她入席的模樣宛如要上床就寢。

「好啊！」黛西說。「怎麼計畫？」她無助地問我，「通常大家都做些什麼計畫？」

我還沒回答，卻見她神色驚恐地盯著自己的小指頭。

「你們看！」她苦著臉說，「受傷了。」

我們全都看著她的手——指關節有點瘀青。

「都是你害的，湯姆，」她埋怨道，「我知道你不是故意的，可是就是你害的。這是報應，誰叫我嫁了一個野蠻人，又粗、又壯、又笨，標準的肌肉型……」

「我最討厭妳用笨這個字，」湯姆粗聲粗氣地說，「開玩笑也不能用。」

「笨。」黛西又故意說了一次。

有時候她和貝克小姐會同時開口，輕輕鬆鬆地，開個無傷大雅的玩笑，但不是叨叨絮絮，而是一種很清淡的感覺，就和她們的白

色衣裳和那對冷漠、不帶一點慾望的眼神一樣。她們人在這裡，應酬著湯姆和我，完全只是客客氣氣地試著自娛或娛人。她們知道晚餐很快就會結束，再過一會，黑夜也會結束，之後就會被遺忘了。這點和西部截然不同，西部的晚宴總是緊鑼密鼓地一個接著一個，每個階段大家就盼著後頭還有更精彩的，但希望卻總是一再落空，要不然就是時時刻刻都感到緊張不安。

「黛西，妳讓我覺得自己很不文明。」在我喝第二杯帶著點軟木塞味、卻還是相當不錯的波爾多紅酒時，如此坦承。「妳難道不能說說農作收成或其他的事嗎？」

我這麼說其實沒有什麼特別的意思，但說者無意，聽者卻有心。

「文明就快瓦解了。」湯姆激動地冒出這些話來。「我最近愈來愈悲觀了。你有沒有看過那個叫高達德的人寫的《有色帝國的興起》？」

「沒有。」我一面回答，一面對他的口氣感到驚訝。

「這可是一本好書，每個人都應該看看。書裡的大意是說：假如我們白種人不小心一點，就會……就會澈底地被湮滅。這全是科學的玩意，有根據的。」

「湯姆的思想變得好高深，」黛西說，臉上有一種不經心的憂傷神情。「他老是看一些很深奧的書，裡頭的字又長又難懂，上次那個什麼字來著……」

「這些書可全都是有科學根據的，」湯姆強調著說，同時不耐

煩地覷了她一眼。「這傢伙把整套理論解釋得清清楚楚。我們現在雖然佔優勢,可是假如不小心防範,控制權就會落到其他有色人種的手裡了。」

「我們得打敗他們。」黛西小聲地說,眼睛朝著火紅的太陽眨個不停。

「你應該去加州住住……」貝克小姐才一開口,湯姆就重重地挪動身子,換個坐姿,而打斷了她的話。

「書上說我們是北歐民族的人。我是,你也是,你也是,而……」稍一猶豫之後,他輕輕點個頭,把黛西也算了進來,她便又對我眨眨眼。「而人類的文明全是靠我們製造產生出來的……喔,就是科學和藝術這些。懂嗎?」

他的專注神情顯得有點可悲,好像他那份更甚於從前的自得意滿,對他來說已經不夠了。這時屋裡的電話忽然響起,就在管家離開陽台去接電話時,黛西立刻趁著談話暫時中斷的機會向我靠過來。

「我跟你說一個家裡的祕密。」她小聲卻興奮地說:「是關於管家的鼻子。你想聽聽管家的鼻子怎麼樣嗎?」

「我今天晚上就是為了這個來的。」

「其實,他一開始並不是管家。他本來在紐約的某個人家裡,專門負責擦拭兩百個人用的銀器。他得從早擦到晚,最後鼻子開始受不了了……」

「後來情況愈來愈糟。」貝克小姐說。

「沒錯，後來情況愈來愈糟，最後他不得不放棄這份工作。」

過了一會，夕陽餘暉愛戀地落在她紅撲撲的臉上，她的聲音讓我不由自主地屏住氣息，傾身聆聽。後來光芒淡去，每一絲光線都依依不捨地褪下她的臉，就像黃昏時刻捨不得離開嬉戲街道的孩童一般。

管家回來後，在湯姆的耳邊低語了幾句，湯姆聽完皺起眉頭，椅子向後一退，話也沒說便進屋去了。他的離去彷彿對黛西產生了某種刺激，她再次傾身向前，聲音熱切悅耳。

「唉呀，尼克，能請你來家裡吃飯真好。你讓我想起了……玫瑰，不折不扣的玫瑰。對不對？」她轉向貝克小姐，希望能聽到她附議。「一朵不折不扣的玫瑰對吧？」

這不是真話，我一點也不像玫瑰。黛西只是一時興起胡謅的，但是從她身上流露出一種熱烈激動的情緒，彷彿她的內心正試著透過那些令人屏息的聳動字眼向你傾訴。忽然間，黛西將餐巾往桌上一丟，道了個歉後便走入屋內。

貝克小姐和我故意面無表情地互看一眼。我正想說話，她卻忽然警覺地直起身子，發出一聲警告性的「噓」聲。後面的房間隱約傳來激動卻刻意壓低的細語聲，貝克小姐毫不避諱地向前傾去，想聽聽他們說些什麼。細語聲斷斷續續地傳來，忽而低沉，忽而激昂，接著便陷入一片沉默。

「你剛才提到的那個蓋茨比先生是我的鄰居……」我開口說。

「別出聲,我想聽聽出了什麼事。」

「出事了嗎?」我天真地問。

「這麼說,你不知道囉?」貝克小姐確實很訝異。「我以為大家都知道的。」

「我不知道。」

「唔……」她遲疑了一下:「湯姆在紐約有個女人。」

「有個女人?」我茫然地把她的話重複了一遍。

貝克小姐點點頭。

「這女人也真是的,什麼時間不好挑,偏偏挑晚飯時間打電話給他,你說是不是?」

我都還沒弄懂她的意思,就聽到衣裙飄動、皮靴軋軋的聲音,湯姆和黛西又回到餐桌上來了。

「沒辦法,不得已的!」黛西故作輕鬆地大聲說。

她坐了下來,銳利的目光掃了貝克小姐和我一眼,又繼續說:「我到外頭看了一下,外頭的氣氛好浪漫。草地上有一隻鳥,我想應該是搭著『庫納』或『白星』的豪華郵輪過來的夜鶯。牠在那裡啼個不停……」她的聲音像歌唱似的。「好浪漫對不對,湯姆?」

「太浪漫了。」他說，然後又苦著一張臉對我說。「吃完飯要是天色夠亮的話，我帶你到下面的馬廄去看看。」

屋裡電話又響了，讓人嚇了一跳，當黛西朝著湯姆堅決地搖頭後，關於馬廄的話題，或者應該說是所有的話題，全都憑空消失了。在餐桌上的最後五分鐘裡，我依稀記得桌上的蠟燭無端端地又被點亮，我感覺得到自己很想正視每一個人，卻又希望避開所有眼光。我猜不透黛西和湯姆心裡想些什麼，至於那位似乎對一切都抱持著懷疑態度的貝克小姐，我也不相信她能把第五位訪客那尖銳刺耳的急促鈴聲完全拋到腦後。對某些人而言，這種情況或許很新奇有趣，但我卻直覺地想立刻報警。

不用說，看馬的事情自然是沒人再提起。湯姆和貝克小姐隔著幾呎的暮色一塊進書房去，好像裡面真的躺了個死人要去守夜似的。而我則盡量顯得興味十足並有點裝聾作啞地跟在黛西後面，穿過一連串的廊道，來到前門陽台。在幽暗的暮色中，我們並肩在一張藤椅上坐了下來。

黛西把臉埋在手心裡，彷彿在感受著那美麗的輪廓，然後才漸漸抬起雙眼望著柔和的黃昏。我看得出她內心激動不已，因此便問了一些關於她小女兒的事，我想應該可以緩和一下情緒吧！

「尼克，我們對彼此的了解並不深。」她忽然這麼說。「雖然我們是表親，但你卻沒來參加我的婚禮。」

「當時我還在戰場上。」

「那倒是。」她遲疑了一下。「老實說,尼克,有一陣子我很不好過,所以現在什麼都不信了。」

看來她會看破一切確實事出有因。我等著黛西繼續說下去,但她並未開口,過了片刻我勉勉強強把話題又轉回到她女兒身上。

「我想她應該會說話,會……吃東西,會做很多事了吧!」

「是啊!」她心不在焉地看著我。「尼克,我想和你說說她出生時我說了什麼話,你想聽嗎?」

「當然了。」

「那麼你就會知道我為什麼會這樣看待……一切了。她當時出生還不到一個小時,至於湯姆,天曉得他上哪去了。麻醉藥效退了之後,我醒過來,有一種被遺棄的感覺,我馬上就問護士是男是女。護士說是女孩,我轉頭就哭了起來。『好啊!』我說。『是女孩很好啊!但願她將來會是個傻子,在這世上傻女孩最幸福了,就當個漂亮的小傻瓜。』」

「其實我知道一切已經無法挽回了,」她以肯定的語氣繼續說:「大家都這麼想……就連那些思想最開明的人也這麼想,不過我就是知道。我有什麼地方沒去過,有什麼沒看過,有什麼沒做過的?」她的眼中閃現出一種挑釁的傲慢神色,和湯姆挺像的,接著便爆出一陣令人毛骨悚然的蔑笑。「飽經世故……天啊,我真是太飽經世故了!」

當黛西話聲一停,當我不再被迫去聽、去相信她的話時,我覺

27

得她根本言行不一，說的不是真心話。這樣的感覺讓我不安，好像這一整個晚上只是個陷阱，要逼我去附和她的情緒。我等著，當然了，在這段時間裡她一直看著我，漂亮的臉上帶著一抹得意的笑，好像在說她已經盡到了一個組織成員的責任，那是她和湯姆所屬的一個上流祕密組織。

屋裡那殷紅的廳中燈光輝煌。湯姆和貝克小姐各坐在長沙發的一頭，她正在為他讀「週六夜間郵報雜誌」，喃喃的單調字句，整體聽來頗有安撫人心的作用。燈光照亮了湯姆的靴子，卻在貝克小姐那如秋葉般的黃髮上留下陰影，她每翻一頁，光影便跟著跳躍，她手臂上纖細的肌肉也會跟著動一下。

我們走進來的時候，她舉起一隻手示意我們先別說話。

「下期待續。」她說著，便將雜誌丟到桌上。

貝克小姐不安地動了一下膝蓋，然後站起身來。

「十點了。」她邊說，眼睛邊往上瞧，好像天花板上有個時鐘似的。「我這個乖女孩該上床睡覺了。」

「喬丹明天在威徹斯特還有場比賽。」黛西解釋著說。

「哦……原來妳就是喬丹‧貝克。」

現在知道為什麼她看起來那麼面熟了。因為在報導艾希維爾、溫泉市與棕櫚灘高爾夫球賽消息的報刊體育欄中，經常可以見到她那張漂亮、帶點傲慢的臉孔。我也聽過一些有關她的傳聞──負面

的傳聞，至於是什麼樣的傳聞我卻早忘了。

「晚安。」她輕聲地說。「明天八點鐘叫我好嗎？」

「妳要是起得來的話。」

「我會的。晚安，卡拉威先生。改天見了。」

「一定很快就能再見的。」黛西肯定地說。「老實說，我還想撮合你們的婚事。常來嘛！尼克，我會盡量……替你們製造機會的。像是不小心把你們鎖在衣櫃裡啦、或是讓你們同搭一條船送你們出海啦、這一類的……」

「晚安。」貝克小姐從樓梯上喊著：「我可一個字都沒聽見。」

「她是個好女孩。」過了一會，湯姆說。「他們不應該讓她這樣東奔西跑的。」

「誰不應該啊？」黛西冷冷地問。

「她家裡的人。」

「她家裡只有一個老得不能再老的姑媽。何況尼克會照顧她的，對不對，尼克？今年夏天她大概都會到這來度過週末。我想給她一點家庭的溫暖應該不錯。」

黛西和湯姆默默地互望了半晌。

「她是紐約人嗎？」我連忙問道。

「她是路易維爾的人。我們一塊在那裡度過了純潔的少女時代，美麗純潔的……」

「妳在陽台上是不是對尼克說了一些心裡話？」湯姆突然問道。

「我有嗎？」她看著我。「不太記得了，不過我想我們談到了北歐民族。沒錯，的確談到了。好像不知不覺中就談起了，都還沒有……」

「尼克，不管你聽到什麼，一個字也別信。」湯姆勸我。

我若無其事地說自己根本什麼也沒聽到，幾分鐘後便起身告辭了。他們送我到門口，在一方明亮的燈光下並肩站著。當我發動了車子，黛西忽然高喊一聲：「等等！」

「我忘了問你一件很重要的事。聽說你在西部和一個女孩訂婚了。」

「是啊！」湯姆和善地附和。「聽說你訂婚了。」

「那是謠言，我太窮了。」

「但我們真的聽說了。」黛西很堅持，而她再次像花朵一般綻放笑靨更讓我詫異。「有三個人都這麼說，一定是真的。」

我當然知道他們說的是誰，但訂婚這回事根本八字都沒一撇。事實上，受謠言逼婚正是我到東部來的原因之一：我不能為了謠言和朋友斷交，可是也不打算為了謠言而結婚。

他們的關心倒是很令我感動，也讓他們比較不像一般富裕人家那樣拒人於千里之外。然而當我開車離去的時候，還是覺得困惑，也有點厭惡。我覺得黛西應該立刻抱著孩子離家出走——但她顯然毫無想法。至於湯姆，老實說，他會因為一本書而沮喪，實在比他「在紐約有個女人」更叫我吃驚，也不知道為什麼他竟會對那些無聊的理論感興趣，就好像從壯碩體魄中所得到的自大感，再也滿足不了他專橫的心似的。

開車經過公路酒館和路旁的加油站，見到的已是仲夏景致，加油站外一片光圈底下立著幾個鮮紅的汽油泵。我回到西卵的住處後，把車子開進車庫，然後在院子裡一個棄置的剪草機上坐了一會。風已經停息，留下喧嘈清亮的夜，樹上有鳥兒拍翼，蛙群也像是被大地那隻飽滿的風箱給灌得精神奕奕，不斷發出風琴般的鳴聲。有隻貓的身影在月光下遊蕩，我掉過頭去看時，發現自己並非一個人——大約五十呎外，鄰居大宅的陰影中出現了一個人，他站在那，雙手插在口袋裡，仰望密佈的銀色星斗。從他悠然的舉動和站立在草坪上毫不猶豫的姿態看來，那應該就是蓋茨比先生本人，到外頭來看看我們頭頂上的天空哪一部分是屬於他的。

我決定出聲喚他。貝克小姐晚餐時曾經提起過他，這應該是個不錯的開場白。但我沒有出聲，因為他似乎在一剎那間發出了訊息：他正在想一個人——他以一種怪異的方式朝著幽暗的水面伸出雙臂，雖然我離得很遠，但可以肯定他確實在發抖。我不由自主地往海面一瞥，除了一盞綠光之外什麼也看不見，那盞光微弱而遙遠，可能是某個人家的碼頭。當我回頭再去看蓋茨比時，他已消失不見，在這個不平靜的暗夜中又再度剩我一人。

Two

而我也和他一樣，往上看的同時心裡狐疑著。彷彿置身局內又彷彿置身局外，這無窮無盡的人生百態既讓我著迷也厭惡。

大約在西卵到紐約的中途，公路忽然接上鐵路，並行了四分之一哩長，只為了避開某個人煙稀少的地段。那是一個佈滿了灰渣的谷地，在這個奇異的農場裡，灰渣就像小麥一樣，堆成了田野、山丘和奇奇怪怪的花園，也堆成了房屋、煙囪和炊煙，甚至經過一番不凡的努力之後還能堆成土灰色的人形，這些人移動起來模糊不明，走在灰霧般的空氣中也逐漸粉碎化為塵土。偶爾會有一長排的灰色車輛沿著隱形的車道緩緩前進，然後突然嘎吱一聲，停了下來，這時候立刻便有一群灰濛濛的人一擁而上，揮動著鐵鏟攪起一片濃雲密霧，讓人更加看不清他們在做些什麼。

但是在這塊不時漂浮著一陣陣塵土的灰色土地上方，只要你多看片刻，就會看見艾科柏格醫師的一雙眼睛。艾科柏格醫師的眼睛又大又藍，光是瞳孔就有一碼長。這雙眼睛不長在臉上，也沒有鼻子，眼睛前頭卻架著一副巨大的黃色眼鏡——這顯然是皇后區某個眼科醫生一時的奇想，他為了招攬生意掛上了這副招牌，後來大概是自己兩眼一閉走了，或是搬到其他地方，就把這對眼睛遺忘在這裡。他的眼睛由於久未重漆，加上日曬雨淋，已經變得有些黯淡，卻仍然默默地注視著這個陰鬱的垃圾堆。

這片灰渣谷地其中一側環繞著一條骯髒的小河，每當吊橋升起好讓船駁通過時，火車也需停下來等候，車上的乘客便得盯著這幅淒涼的景象看上半個小時。列車至少都會在這一站停個一分鐘，我也就在這種情形下，第一次見到了湯姆·布坎南的情婦。

只要是認識湯姆的人，都會一再強調他有情婦的事實。他們全都看不慣他老是帶著她出現在熱鬧的酒館，然後也不理她，就一個

人到處晃來晃去，找熟人聊天。雖然我對她的長相很好奇，卻不想見她，但最終還是見到她了。有一天下午，我和湯姆搭火車上紐約，當列車在這灰渣堆旁停車時，他猛然跳起來，抓著我的手肘，簡直就是逼我下車。

「下車了，」他堅持地說。「我要你見見我的女人。」

我想他中午喝了不少酒，因此要我一塊來的那種堅持，便幾乎是帶著暴力的色彩。他自以為是地認為星期天下午，我一定沒什麼事做。

我隨著他翻越過一道低矮、粉刷過的鐵路柵欄，然後在艾科柏格醫師目不轉睛地注視下，沿著馬路往回走了一百碼。四周唯一看得見的建築物，是坐落在荒蕪地帶邊緣的一小棟黃磚連棟建築，算得上是供應當地民生所需的濃縮型市街，鄰旁則一無所有。這裡的三間店鋪有一間待租，還有一間是通宵營業的餐廳，餐廳門前留下了一道灰撲撲的足跡。最後一間是家修車廠——「喬治‧威爾森 修車、買賣二手車」，我隨著湯姆走了進去。

修車廠裡面空空洞洞的，十分冷清，只見一輛覆著灰塵的福特破車，縮在一個陰暗的角落裡。我心想這破舊的修車廠一定只是個障眼法，豪華浪漫的公寓其實隱藏在樓上，正這麼想著，就看見修車廠的主人出現在辦公室門口，正用一條破布擦著手。他是個金髮男子，臉色蒼白，無精打采的，長相倒還不錯。他一見到我們，淺藍色的眼中立刻閃出希望的光芒而略顯溼潤。

「喂，威爾森老兄，」湯姆愉快地拍拍他的肩膀說。「生意好

吧？」

「很好啊！」威爾森不太肯定地回答。「你那輛車到底什麼時候才賣我？」

「下個禮拜，我已經讓人送去修一修了。」

「他動作可真慢，對吧？」

「不對，他一點也不慢。」湯姆冷冷地說。「如果你這麼想，我看我還是另外找人買好了。」

「我不是那個意思。」威爾森急忙解釋。「只是覺得……」

他愈說愈小聲，湯姆的目光則不耐地在修車廠四下轉來轉去。接著我聽見了下樓的腳步聲，不一會兒，便有一個壯碩女人的身影，遮住辦公室門口的燈光。她年約三十五、六歲，身材有點胖，卻流露出某些女人特有的肉感；她身上穿著一件沾了油漬的暗藍色縐紗連身裙，面容既不特殊也不美麗，卻可以馬上感受到她所散發的活力，彷彿全身的精力在蠢蠢欲動。她緩緩露出微笑，然後視若無睹地從丈夫身邊走過，和湯姆握手時，兩眼還直直地盯著他看。接著她舔了舔嘴唇，也沒轉身便粗著嗓子低低地對丈夫說：

「去拿張椅子來好不好，也好讓人家有個地方坐。」

「好啊、好啊！」威爾森連忙答應，說著便走往小辦公室，一轉眼就融進了牆壁的水泥色調。他的深色外套和淺色頭髮上都和鄰近的一切事物一樣，罩著一層灰白色的灰塵，只有他的妻子例外。

她已經往湯姆身邊靠了過去。

「我要見妳。」湯姆急切地說,「搭下一班車。」

「好。」

「我在樓下的報攤旁邊等妳。」

她點點頭,從他身邊走開。喬治·威爾森恰巧就在這時,拿著兩張椅子走出辦公室。

我們在路旁隱匿處等她。再過幾天就是七月四號國慶日了,有個灰頭灰臉、骨瘦如柴的義大利小孩,正沿著鐵軌放置魚雷炮。

「不是什麼人住的地方吧?」湯姆說,一邊對著艾科柏格醫師皺了一下眉頭。

「的確。」

「離開這裡對她有好處的。」

「她丈夫不反對嗎?」

「威爾森?他以為她上紐約找她妹妹。他這人笨得連自己是活人還是死人,都搞不清楚了。」

於是我和湯姆·布坎南和他的女人便一起上紐約去了,其實也不能說是一起,因為威爾森的老婆坐在另一個車廂,以免引人注意。湯姆對此還是十分忌憚的,深怕車上會有東卵的鄰居眼尖給瞧見了。

　　她換了一件棕色的花綢連身裙,到了紐約,當湯姆扶她下車時,那大大的臀部可把那身衣裳繃得好緊。經過報攤時,她買了一份《紐約閒談》和一份電影雜誌,又在車站藥房裡買了一些冷霜和一小瓶香水。走上樓梯之後,她站在回聲四起的陰暗車道旁,眼看著四輛計程車開走,最後才選中一輛裝了灰色椅套的淺紫色新車,我們便搭著這輛車鑽出車站人潮,進入燦爛的陽光底下。才一瞬間,她不知從車窗看到了什麼,忽然轉過頭來,湊上前去敲了敲前方的玻璃要司機停車。

　　「那裡有好多狗,我要一隻。」她說得很認真。「我要買一隻回公寓去養。養一隻小狗,挺好玩的。」

　　我們退回到一個頭髮花白的老人身邊,沒想到他居然長得很像洛克斐勒。他脖子上掛了一個籃子,裡頭縮著十來隻剛出生不久的雜種狗。

　　「這些是什麼狗?」他一走到計程車窗旁,威爾森的老婆便急切地問。

　　「什麼狗都有。妳要什麼狗啊?太太。」

　　「我想要一隻警犬,你應該沒有吧?」

　　老人不太確定地斜睨了籃子一眼,伸手抓起一隻狗,小狗被擰著頸背而不斷地扭動。

　　「那不是警犬。」湯姆說。

「對，不是純種的警犬。」老人的語氣顯得有些失望。「應該像是愛爾得兒獵犬。」他用手順著狗背上棕色的長毛說：「看看牠這身毛，多漂亮。養了這種狗，絕對不必擔心牠會感冒。」

「我覺得牠滿可愛的。」威爾森的老婆興奮地說，「多少錢？」

「這隻狗啊？」老頭以欣賞的眼光看著牠。「這隻狗賣妳十塊錢。」

那隻愛爾得兒犬——牠的確混了一點愛爾得兒的血統，只不過腳實在太白了——就這麼易了手，坐到威爾森的老婆腿上，而她則欣喜若狂地愛撫著小狗那身不怕風雨的長毛。

「牠是小男生還是小女生啊？」她細聲細氣地問。

「這隻狗啊？是小男生。」

「我說是母狗。」湯姆斷然地說。「錢拿去吧！拿著再去買十隻狗。」

我們的車開到了第五大道，這個夏季週日的午後溫暖而柔和，帶著點田野的氣息，這時候要是從街角轉出一大群白綿羊，我也不會吃驚的。

「等一下，」我說。「我先在這裡下車。」

「不行。」湯姆立刻阻止我。「你不上來坐坐，梅朵會難過的。是不是，梅朵？」

「來吧！」她也勸著。「我會打電話找我妹妹凱瑟琳過來。有眼光的人可都說她是大美人呢！」

「我是很想去，可是……」

車子繼續往前開，之後又掉頭穿過中央公園，往西邊一百多街的方向開去。到了一百五十八街，車子在一排像白色蛋糕似的公寓住宅前停了下來。威爾森的老婆以一種帝王回宮的姿態環顧一下四周，然後抱起小狗和她買的東西，神色傲慢地走了進去。

「我要請麥奇夫婦上來。」我們坐上電梯之後，她說。「當然囉！我也得打電話給我妹妹。」

他們的公寓位在頂樓——一間小小的客廳，一間小小的廚房，一間小小的臥室，還有一間浴室。客廳裡擺了一套鋪著花毯的家具，由於體積太大，都擠到門邊來了，要是在裡頭走動，更是動不動就要撞見凡爾賽的宮女們在花園裡盪鞦韆的景象。廳裡唯一的一幅畫，是一張過度放大的相片，看起來像是一隻母雞蹲坐在一塊模糊的石頭上。遠遠望去，母雞卻又成了一頂軟帽，還有一張胖老太太的臉，朝著廳裡的人微笑。桌上放了幾份過期的《紐約閒談》和一本暢銷小說《西門·彼得》，以及一些專門報導百老匯八卦消息的雜誌。威爾森的老婆，第一個想到的就是她那條狗。電梯小弟勉為其難地找了一個墊滿稻草的箱子和一些牛奶，他還自作主張多買了一罐又大又硬的狗食餅乾，在牛奶碟子裡泡了一塊，一整個下午都泡爛了也沒人理睬。

這時，湯姆從上了鎖的櫥櫃裡，拿出一瓶威士忌。

　　我這輩子只醉過兩次，第二次就在那天下午。儘管當天過了八點，屋裡仍充滿明亮的陽光，但其間所發生的一切在我記憶中都朦朦朧朧的。威爾森的老婆坐在湯姆大腿上，給好幾個人打電話。後來因為沒有香菸，我便出門到轉角的藥房去買，回來時，他們倆已經不見了，於是我便安分守己地坐在客廳讀起了《西門‧彼得》裡的一段文章。也不知道是文章不像樣，還是喝了太多威士忌喝糊塗了，怎麼看也看不懂。

　　正當湯姆和梅朵（喝了第一杯酒之後，威爾森的老婆和我便以名字相稱了）重新在客廳出現時，客人也陸續到了門口。

　　梅朵的妹妹凱瑟琳大約三十來歲，身材苗條，十分世故，一頭硬邦邦的紅色短髮，臉上抹的粉白得像牛奶一樣。她把眉毛挑掉了，重新畫上一個比較時髦的樣式，但由於細毛不斷循著原有的眉線長出來，倒讓臉上有點糊了的感覺；當她走動時，手臂上無數的陶製手環便上下晃動，發出叮叮噹噹的清脆響聲。見她毫不客氣地走進來，四處張望的眼神又像是主人似的，我還以為她住在這裡。可是我一這麼問她，她卻放聲大笑，還大聲將我的問題又重複一次，才和我說她和一位女性友人住在旅館。

　　麥奇先生住在樓下，是個臉色蒼白、有點柔弱的男人。他應該剛刮過鬍子，因為臉頰上殘留了點白色的肥皂泡沫，他禮貌地和屋裡的眾人打招呼。他說自己是「搞藝術」的，後來我才知道他是攝影師──貼在客廳牆上，威爾森老婆的母親那張模糊放大的相片，便是他的傑作。他妻子聲音尖細，一副無精打采的樣子，模樣還不錯，但有點讓人受不了。她很驕傲地告訴我，打從他們結婚以來，

她丈夫已經替她拍照過一百二十七次了。

　　威爾森的老婆剛才又去換了衣服，現在穿的是一襲乳白色的雪紡綢午後宴客裝，款式複雜拖拖拉拉的，在屋裡掃來掃去，不斷發出窸窸窣窣的聲音。可能是衣服的緣故，讓她的性格起了轉變，在修車廠裡那種旺盛而明顯的精力，變成一種高高在上的姿態。她的笑聲和言談舉止愈來愈造作，並且不斷地膨脹，周遭的空間也隨之變小，到了最後她簡直就像站在一根吱嘎作響的軸心上，迴旋在繚繞的煙霧中一般。

　　「親愛的，」她裝模作樣地捏著嗓子對妹妹說。「這些傢伙都是騙人的。他們只想著要錢。上禮拜我找了個女人來看腳，妳要是看到那帳單哪！一定以為她替我割了盲腸。」

　　「那女人叫什麼？」麥奇太太問。

　　「姓埃伯哈特。她到處上人家家裡替人看腳。」

　　「妳的衣服真好看。」麥奇太太說，「我挺喜歡的。」

　　威爾森的老婆聽了她的恭維，只是不屑地揚起眉毛。

　　「妳說這件舊衣服呀！」她說，「只有在不想好好打扮的時候，才會拿出來穿的。」

　　「不過穿在妳身上，好看極了，妳明白我的意思吧？」麥奇太太又繼續說，「要是妳能穿這身衣服讓契斯特拍個照就好了，我想拍出來的效果一定很好。」

大家都靜靜地望著威爾森的老婆，只見她撥開蓋住眼睛的一綹頭髮，然後也看著我們，臉上露出燦爛的笑容。麥奇先生偏著頭仔細地看她，接著一隻手在眼前緩緩地前後移動了幾下。

「燈光要變換一下。」過了一會，他說。「我想把五官特徵強調出來，盡量在頭髮後面打上光線。」

「我覺得不用換燈光，」麥奇太太大喊，「我覺得是……」

她丈夫「噓」了一聲，大家又全都轉頭看著模特兒，這時候湯姆·布坎南大聲地打了個呵欠，並站起身來。

「麥奇，你們夫妻倆喝點東西吧！」他說。「梅朵，趁著大家還沒睡著，再去拿點冰塊和礦泉水來。」

「我叫那小弟拿冰來了呀！」梅朵聳了聳眉毛，對下人的辦事不力感到無可奈何。「這些人啊！非得隨時盯著他們不可。」

她看著我，沒來由地笑了笑。然後忽然衝到小狗那邊，抱起來親個沒完，接著又像一陣風似地掃進廚房，好像裡頭有十幾個廚師正等著她的吩咐。

「我在長島有幾張不錯的作品。」麥奇先生說。

湯姆面無表情地看著他。

「有兩張我們裱了框，掛在樓下。」

「兩張什麼？」湯姆問道。

43

「兩幅風景照。其中一張的標題是『蒙托克岬──海鷗』，另一張是『蒙托克岬──海景』。」

妹妹凱瑟琳走向沙發，在我身旁坐了下來。

「你也住在長島嗎？」她問我。

「我住在西卵。」

「真的？差不多一個月前，我才去那裡參加了一個派對，是一個叫蓋茨比的人開的派對。你認識他嗎？」

「我就住在他隔壁。」

「聽說他好像是威廉大帝的姪孫輩還是表親的，所以才會那麼有錢。」

「真的嗎？」

她點點頭。

「我有點怕他，一點也不想惹他。」

這個有關我鄰居的消息頗令人感興趣，卻被麥奇太太打斷了，因為她突然指著凱瑟琳說：

「契斯特，我覺得拍她應該也不錯。」她出其不意地說，但是麥奇先生卻只是不耐煩地點點頭，然後又轉向湯姆。

「要是有管道的話，真想在長島多拍點東西。我只是希望能讓

自己有個起步。」

「找梅朵啊！」威爾森的老婆端著一個托盤走進來時，湯姆忽然爆出這麼一句，還一邊笑著。「她可以幫你寫介紹信，對不對，梅朵？」

「什麼呀？」她驚詫地問。

「妳可以幫麥奇寫封介紹信，讓他幫妳丈夫拍幾張照片。」他嘴裡喃喃念了幾句後，才大聲說：「『加油站旁的喬治·威爾森』，或是這一類的標題。」

這時凱瑟琳湊過來，在我耳邊低聲說：

「他們兩個都受不了自己的另一半。」

「是嗎？」

「簡直是受夠了。」她瞧瞧梅朵，又瞧瞧湯姆，「我是覺得既然受不了，何必繼續和他們住在一起？要換成是我，我就離婚，然後馬上和對方結婚。」

「她也不愛威爾森嗎？」

不料回答的人竟是梅朵，她無意中聽到我的問題，回答的口氣更是粗暴到了極點，把丈夫罵得體無完膚，一堆粗話都出籠了。

「你看吧！」凱瑟琳大聲地說，十分得意洋洋。接著她又壓低聲音說：「其實是他老婆不成全他們。因為她是天主教徒，天主教

是不贊成離婚的。」

黛西並不是天主教徒。這個謊撒得可真周密，我不禁有些詫異。

「他們正式結婚以後，」凱瑟琳又說，「會到西部去住一陣子，等風聲過了再說。」

「應該到歐洲去比較保險。」

「啊，你喜歡歐洲嗎？」她驚訝地大叫。「我才剛從蒙地卡羅回來呢！」

「喔。」

「就是去年的事。我和一個女孩去的。」

「待了很久嗎？」

「沒有，只去蒙地卡羅就回來了。我們是從馬賽去的，出發的時候，兩人帶了一千兩百塊。結果才兩天，就在賭場裡全被榨光了。你都不知道，我們為了回來搞得有多慘。真是恨死那個地方了！」

此時傍晚的天空映在窗上，有如地中海甜蜜而蔚藍的海水——而麥奇太太的尖嗓子又讓我回過神來。

「其實我也差點就嫁錯了人。」她語氣興奮地說：「我差一點就嫁給一個追了我好幾年的老粗。我知道他配不上我，每個人都一直勸我說：『露西，那個人根本配不上妳。』不過要不是遇見契斯特，我一定就嫁給他了。」

「沒錯，可是呢……」梅朵點著頭。「妳畢竟沒有嫁給他。」

「我知道。」

「可是我嫁給他了。」梅朵說得語意含糊。「這就是妳和我不同的地方。」

「妳幹嘛嫁給他呢，梅朵？」凱瑟琳問道。「又沒人強迫妳。」

梅朵想了許久才說：

「我嫁給他是因為我以為他出身不錯，我以為他至少有點教養，沒想到他連舔我的鞋都不配。」

「可是有一陣子妳迷他迷得要命。」凱瑟琳說。

「迷他！」梅朵不敢置信地大喊：「誰說我迷他的？要說我迷他，倒不如說我迷那個男人。」

她忽然一手指向我，結果每個人都朝著我瞧，眼光裡還帶著一種譴責。我則故意裝出一副不期望誰來愛我的神情。

「真正要命的是我嫁了他，馬上就知道自己錯了。他向別人借了一套很棒的西裝，打算結婚那天穿，卻從來沒向我提過。有一天他出門後，那個人上門來討西裝了。『喔，那是你的西裝啊？』我說，『我怎麼從來沒聽他提過。』不過還是把衣服還給了他。他走了以後，我趴在床上足足哭了一下午。」

「她真的得甩掉他。」凱瑟琳又接著對我說：「他們已經在那

個修車廠住了十一年。湯姆可是她的第一個情人呢！」

　　那瓶威士忌——已經是第二瓶了——在座的人各個搶著喝，只有凱瑟琳例外，她說自己「什麼都不喝的感覺也很好」。湯姆把管理員叫來，讓他去買一些很有名的三明治，這些三明治簡直豐盛得可以直接當晚餐了。我想出去，在柔和的暮色下往東邊的公園走走，但是每回起身想走，就會有一片尖銳狂亂的抗議聲像繩索一樣纏住我，把我拉回到椅子上。我心想，若偶爾有人站在漸暗的街道上往市區上空窺探，我們這排被燈光映黃的窗戶應該多少隱藏了一點人類的祕密吧！而我也和他一樣，往上看的同時心裡狐疑著。彷彿置身局內又彷彿置身局外，這無窮無盡的人生百態既讓我著迷也厭惡。

　　梅朵將椅子拉到我面前坐下，突然間，她吐著暖暖的氣息開始向我透露她和湯姆第一次見面的經過。

　　「列車上總會剩下幾個沒人坐的位子，而那天我們剛好就這麼面對面地坐著。我要上紐約找妹妹，還打算過夜。湯姆穿著一件禮服和一雙漆皮鞋，我忍不住瞄他，可是每次他回看我的時候，我又得假裝看著他頭上的廣告。下車的時候他走在我旁邊，又硬又挺的白襯衫壓著我的手臂，我就對他說我要叫警察來了，可是他知道我心裡不這麼想。當時真是興奮得要命，就連我和他上計程車的時候，都還以為自己上了地鐵。我只是一遍又一遍地對自己說：『這輩子可能就這麼一次了，這輩子可能就這麼一次了。』」

　　她隨後又轉頭和麥奇太太說話，屋裡迴盪著梅朵那不自然的笑聲。

「親愛的，」她大聲地說：「這件衣服今天穿過以後馬上就給你。明天我要再去買件新的。我得將自己要買的東西列一張清單：我要去按摩、去燙個頭髮，替狗買個項圈，買一個那種裝了彈簧的小菸灰缸，挺可愛的，還要買一個結了黑絲帶、可以維持整個夏天的花圈，好擺在母親的墳上。我得列個清單，免得忘了什麼事沒做。」

九點了。幾乎才過了一下子，再看看手錶卻已經十點了。麥奇先生在椅子上睡著了，雙手拳握在腿上，有如一幅行動家的寫照。我拿出手帕，為他擦掉乾在臉頰上的泡沫，這已經困擾了我一個下午了。

小狗坐在桌上，愣愣地望著迷濛的煙霧，偶爾發出低鳴。屋裡的人一下子消失，一下子又突然出現，正計畫著要上哪去，卻轉眼又見不到對方，然後開始四下尋找，最後發現兩人只相隔幾呎。接近午夜時分，湯姆‧布坎南和威爾森的老婆兩人面對面站著，為了威爾森的老婆有沒有權利提及黛西的名字而起了激烈的爭執。

「黛西！黛西！黛西！」威爾森的老婆嚷著。「我愛什麼時候叫她的名字，就什麼時候叫！黛西！黛……」

湯姆‧布坎南大手一揮，一巴掌打得她鼻血直流。

接著浴室的地板便充滿了染血的毛巾，有女人責罵的聲音，更有一聲聲接連不斷的痛苦哀號壓過了眾人的驚慌。麥奇先生從昏睡中醒來，恍恍惚惚地向門邊走去，走到一半，他轉過身來瞪著這一幕——他老婆和凱瑟琳又是責罵又是安慰，還一面在擁擠的家具之間跌跌撞撞地遞過藥來，而沙發上有個心灰意冷的人，血流不止，

卻還忙著把一份《紐約閒談》攤在凡爾賽風景花毯上。後來麥奇先生又轉過身，接著往門外走。我從燈架上拿起帽子，也跟著出去。

「哪天有空一起吃個飯。」當電梯往下降時，他對我說。

「去哪吃？」

「哪裡都行。」

「手別碰開關。」電梯小弟厲聲說道。

「很抱歉，」麥奇先生很嚴肅地說。「我不知道自己碰到開關了。」

「好的，」我答應他。「我很樂意。」

一會，我發現自己已站在麥奇先生床邊，他坐在被褥中間，身上只穿著內衣，手裡抱著一本大相簿。

「『美女與野獸』……『孤寂』……『送貨的老馬』……『布魯克林橋』……」

又過了一會，發覺自己半睡半醒地躺在賓夕法尼亞車站冰冷的下層月台，眼睛直瞪著晨間的《論壇報》，一面等著四點鐘的火車。

THREE

我應該是極少數正式受邀的賓客之一。一般的客人並未受邀，全是不請自來。他們坐上汽車，往長島這邊來，不知不覺中也就來到蓋茨比家了。抵達後，先有個認識蓋茨比的人將他們介紹給主人，接下來便可以像在遊樂園一樣盡情地享樂。

夏夜裡，經常有樂聲從鄰居的住宅裡傳出。在他那夜藍的庭院裡，男男女女有如飛蛾一般，在喁喁私語、香檳與群星之間來去穿梭。下午漲潮的時候，便會看見他的客人在浮台的高塔上跳水，或是在溫熱的私人海灘上曬太陽，另外還有他那兩艘汽艇，也拖著滑水板劃過海面乘風破浪。到了週末，鄰居的勞斯萊斯便成了公車，從早上九點開始直到午夜過後多時，不斷載客往返市區，而那輛旅行車也像隻輕盈飛舞的黃色蟲子，蹦蹦跳跳地前去迎接每一班列車。至於禮拜一，則有七個僕人外加一名臨時雇用的園丁拿著拖把、刷子、鐵鎚和花園用的大剪刀忙碌一整天，辛苦地為前一夜遭受破壞的料理善後。

每個禮拜五，紐約的一家水果行會送來五簍柳橙與檸檬。而到了禮拜一，這些柳橙和檸檬又成了一堆被剖成兩半、挖空果肉的果皮，從後門送出來。他的廚房有一台機器，只要廚子用大拇指在機器的一個按鈕上按個兩百次，就能在半小時內擠出兩百顆柳橙的果汁。

每兩個禮拜都至少有一天會有一支籌辦宴席的隊伍，帶著帆布帳篷和七彩燈泡進駐，不僅帆布綿延幾百碼長，燈泡的數量更足以將蓋茨比的巨大花園裝飾成一棵聖誕樹；自助餐桌上，除了有耀眼動人的開胃菜作為裝飾外，還有五香烤火腿緊挨著別致的沙拉，以及色澤金黃而誘人的烤乳豬和烤火雞；玄關大廳裡搭設了一個酒吧，吧台底下還有一條純銅的橫槓，除了供應杜松子酒和一般烈酒，更有各種甘露酒。有些失傳多年的珍貴酒品，大多數的女賓由於太過年輕，根本分辨不出來。

　　七點，樂隊來了，可不是簡簡單單的五重奏就算了，而是一個完完整整的大樂團，有雙簧管、伸縮喇叭、薩克斯風、六弦古提琴，也有短號、短笛和大小鼓。現在，最後一批泳客也上了岸，正在樓上打扮。從紐約來的轎車停放在車道上，五列並排，玄關、客廳與陽台上也早已經擠滿了裝扮華麗的紅男綠女，女士們的短髮剪得怪異新潮，披肩的樣式更是連卡斯提爾王國的名匠都無法想像；酒吧裡服務生忙得不可開交，雞尾酒一輪又一輪地往外頭的花園送，直到空氣中充滿了談笑聲。大家輕鬆地挖苦打趣或是互相引介，但介紹完卻是轉身就忘了，而女士之間雖然彼此相見歡，卻始終不知道對方的姓名。

　　太陽漸漸從地平線晃開，離得愈遠，燈光就顯得愈亮，樂隊開始演奏起黃色雞尾酒樂，眾人的聲音也都高了一個音階。時間一分一秒地過去，笑聲愈是輕易可聞，隨便一句玩笑話便能引來一陣嘩然大笑。一小群一小群的人變動得更加快速，隨著不斷湧進的新人潮，散了又聚聚了又散。此時早有一些自信滿滿的年輕女子來回走動，穿梭在比較固定不變的人群中，前一刻還是某群人當中閃耀的焦點，下一刻卻又趁著閃爍不定的燈光，得意洋洋地鑽入了如潮汐般變換的面孔、人聲與色彩之間。

　　忽然，從這之中冒出一個吉普賽女郎，全身珠光寶氣，隨手抓了杯雞尾酒一飲而下。壯過膽子後，兩手開始學黑臀舞舞王佛里斯哥扭動著，獨自站上舞台跳起舞來。頓時眾人都默不作聲，樂隊指揮體貼地配合她的節奏，緊接著便是一陣竊竊私語，因為大家開始謠傳說她就是百老匯歌舞劇名演員吉爾妲・葛雷的臨時替角。於是，熱鬧的派對正式展開了。

　　第一次上蓋茨比家的那一晚，我應該是極少數正式受邀的賓客之一。一般的客人並未受邀，全是不請自來。他們坐上汽車，往長島這邊來，不知不覺中也就來到蓋茨比家了。抵達後，先有個認識蓋茨比的人將他們介紹給主人，接下來便可以像在遊樂園一樣盡情地享樂。有時候，客人來來去去，也許根本沒和蓋茨比打照面，他們純粹抱著一顆玩樂的心來參加宴會，而這也就足夠了。

　　我的確受到了正式的邀請。那個禮拜六，一大早就有一個身穿藍綠色制服的司機穿過我住處的草坪，為他的主人帶來一封非常正式的請柬，上頭寫著：謹於今晚略備薄酌，恭候光臨，勿卻是幸。接著又寫了因為與我有數面之緣，早已有心登門造訪，但由於種種不便，遲遲未能成行等等的客套話，最後簽上傑伊‧蓋茨比，筆跡頗為雄渾。

　　七點過後不久，我穿著一身白色的法蘭絨，走上了他的草坪，忐忑不安地周旋在陌生的人潮漩渦中，不過偶爾會出現一張我在進城的火車上見過的臉孔。很快地我就發現人群裡混雜了不少年輕的英國人，這點頗讓我吃驚——他們個個全都盛裝打扮，顯得有點飢渴，也都以低沉誠摯的聲音和肥胖壯碩的美國富翁交談。我相信他們一定在推銷某種東西，也許是股票，或是保險，或是汽車。至少他們已經苦悶地發現在這一帶不費吹灰之力就能掙錢，他們也確信只要幾句話說對了，大把大把的鈔票就是他們的了。

　　我一到便試著找屋子的主人，可是當我向兩三個人打聽他的位置時，他們卻都訝異地盯著我看，極力強調他們對他的行蹤毫不知情，於是我只得悄悄地走向雞尾酒吧——整個花園裡，也只有在這

裡才能夠一個人待著，而不致於顯得茫然、落單。

　　由於感到尷尬，我便不斷灌酒，眼看著就要爛醉如泥，卻瞧見喬丹‧貝克從屋裡走了出來，站在大理石階的最上頭，身子斜靠，用一種輕蔑的眼神望著下方的花園。

　　不管是否受歡迎，我覺得自己實在有必要找個伴，否則我就會開始向身邊經過的陌生人寒暄問候了。

　　「嗨！」我一邊向她走去一邊大聲喊，聲音穿越了花園，大聲得有點不自然。

　　「我就猜到你可能會來。」我走上前的時候，她心不在焉地說。「我記得你就住在隔壁……」

　　她握住我的手，沒什麼特別的意思，只是要我等一下，然後便和兩個停在台階底下、穿著同樣黃色衣服的女孩說起話來。

　　「嗨！」她們一塊喊著。「真遺憾妳輸了。」

　　她們指的是高爾夫球賽。上個禮拜的決賽，她輸了。

　　「妳大概不認得我們，」其中一個黃衣女孩說：「不過大約一個月前，我們在這裡遇見過妳。」

　　「你後來染了頭髮。」喬丹說，我嚇了一跳，可那兩個女孩已經漫不經心地走開，她的話像是對著月亮說似的，月亮出現得這麼早，就像當晚的餐宴一樣，也是酒席師傅一塊準備來的。喬丹用金

黃細瘦的手臂挽著我，和我一起步下台階，在花園裡四處閒逛。一盤雞尾酒穿過暮色向我們漂浮過來，和我們同坐一桌的除了那兩個穿黃衣的女孩，還有三個男人，雖然經過介紹，每個姓名聽起來卻都只像是嘟噥的一聲。

「這些宴會妳常來嗎？」喬丹問她身旁的女孩。

「上一次來就是遇到妳那次。」女孩用機靈自信的聲音回答後，轉身問她的同伴。「妳也是吧，露西？」

露西也是一樣。

「我愛來，」露西說。「我從來不管自己做什麼，所以每次都玩得很盡興。上一次我來的時候，禮服被椅子勾破了，他問了我的名字和地址——不到一個禮拜，我就收到夸利耶公司送來的一個包裹，裡面是一件全新的晚禮服。」

「禮服妳收下了嗎？」喬丹問。

「當然收下了。本來今天晚上要穿來的，可是胸部的地方太大了得改一改。禮服是灰藍色的，還鑲了淺紫色的小珠子。售價兩百六十五美元。」

「會做這種事的人還真有點奇怪。」另一個女孩口氣急切地說，「他就是和誰都不想有糾紛。」

「誰啊？」我問道。

「蓋茨比啊！有人對我說……」

那兩個女孩和喬丹神祕地靠攏在一起。

「有人對我說，他好像曾經殺過一個人。」

我們全都打了個寒顫。那三個「嘟噥」先生也都湊向前來，興致高昂地聽著。

「我覺得不至於，」露西懷疑地說：「說他在戰爭期間當過德國間諜比較有可能。」

其中一個男人點點頭。

「這點我聽說過，那個人和他在德國一起長大，對他瞭若指掌。」他很肯定地說。

「不會的，」第一個女孩說：「不太可能，因為戰爭時他加入了美軍。」由於我們相信了她，她便更熱衷地說下去。「你可以趁他不注意時觀察他。我敢打賭他殺過人。」

她瞇起眼睛，全身發抖，露西也在發抖。我們全都轉身看看蓋茨比在不在。由此可見人們對他有多麼浪漫的聯想與臆測，就連那些認為這世界上無事不可公開的人，也得這麼偷偷摸摸地討論他。

第一餐——過了午夜還有一餐呢——已經開始上菜，喬丹請我到花園的另一邊和她的同伴們坐在一起。其中有三對夫妻，還有喬丹的護花使者——一個執拗頑固的大學生，說話總像是意有所指，

顯然他覺得喬丹遲早會或多或少地委身於他。這桌的人也不閒聊，每個人都保持著一副高高在上的姿態，儼然代表著郊區貴族氣派的東卵居民，紆尊降貴來到西卵，小心翼翼地不和當地人一樣放浪形骸。

「我們走吧！他們實在是太拘束了。」彆彆扭扭地浪費了半個小時後，喬丹小聲地說。

我們站了起來，她向其他人解釋說我們要去找主人，因為我從沒見過他，所以覺得有些過意不去。那個大學生帶著嘲諷而抑鬱的神情點點頭。

我們第一個找的地方是酒吧，那裡擠滿了人，但是沒有蓋茨比。她從台階的最高處沒找到他，他也不在陽台上。我們試著推開了一扇相當氣派的門，走進去才發現是一間高大的、哥德式的藏書室，裡頭貼滿了英國橡木的鏤花鑲板，說不定還是整間從海外某個荒廢的古堡運過來的。

裡頭有一個肥胖的中年男子坐在一張大桌子邊緣，他臉上戴著一副大大的眼鏡像貓頭鷹似的，神情似乎有點醉了，恍恍惚惚地瞪著書架看。我們一進去，他立刻轉過身來，從頭到腳打量著喬丹。

「你們覺得怎麼樣？」他急躁地問。

「什麼怎麼樣？」

他將手往書架一揮。

「那個。老實說，你們也不必再去確認，我已經確認過了，是真的。」

「你是說那些書？」

他點點頭。

「千真萬確，一頁頁的，什麼都沒缺。本來以為只是一堆高級的硬紙板，結果竟然是真的。一頁一頁的，有……喏！我讓你們看看。」

他認為我們理應有所懷疑，便急急忙忙走到書架邊，回來的時候手上拿了「史塔德建築講學全集」第一冊。

「你們看！」他得意地嚷著，「這可是貨真價實的印刷品，把我都給騙了。這傢伙簡直是舞台設計大王貝拉斯科第二，太成功了。多麼完美！多麼逼真！拿捏得又好……一頁都不缺。不然你還能怎麼樣？你還想怎麼樣？」

他把書從我手上搶過去，急著將它歸回架上，口中還一邊唸唸有詞：要是搬走了一塊磚頭，恐怕整間藏書室都要塌了。

「你們和誰一起來的？」他問道，「或者你們是不請自來？我是和別人來的。大部分的人都是跟著別人來的。」

喬丹神色愉快但有所保留地看著他，沒有回答。

「我是隨著一位姓羅斯福的太太來的，」他接著又說，「克羅

德‧羅斯福太太。你們認識她嗎？昨天晚上也不知道在哪裡遇見她的。我已經醉了差不多一個禮拜了，想到藏書室來坐坐，也許可以清醒點。」

「有用嗎？」

「我想，有一點吧……還不知道，我只待了一小時。我有沒有跟你們說書的事情？這些書都是真的，都是……」

「你說過了。」

我們認真地和他握了握手，又回到外頭去。

花園裡已經有人跳起舞來，老男人不斷推著年輕女子往後轉，繞著難看的圓圈。高傲的男女躲在角落裡，以新潮的方式歪斜身軀抱在一起，還有不少落單的女子一個人自得其樂地跳著，也有人搶下樂隊的五弦琴或擊鼓棒替他們演奏。到了午夜，狂歡的氣氛更加熱烈。一位知名男高音唱了義大利歌曲，還有一位聲名狼藉的女低音唱了爵士曲子，各項節目進行之際，花園裡也到處有人表演「特技」，歡樂、空洞的笑聲直竄上夏日夜空。後來舞台上出現一對穿著打扮一模一樣的演員——原來是那兩名穿黃衣的女子換上了戲服——做了一場稚氣十足的表演。接著香檳端了上來，盛酒的杯子竟然比吃完甜點後用來洗手指的碗還要大。月亮又升高了些，海灣水面上漂蕩著一個三角形的銀色天平，隨著草坪上五弦琴一聲聲的錚鏦微微晃動著。

我還是和喬丹‧貝克在一起。同桌的有一個和我差不多年紀的

男子,和一個很吵的小女孩,稍有刺激,她就會笑不可抑。現在我也開始享受了,喝了兩碗香檳之後,眼前的景象開始變得自然、深奧而意義非凡。

餘興節目中斷時,同桌的男客看著我,面露微笑。

「你看起來很面熟。」他客氣地說:「打仗的時候你是不是在陸軍第一師?」

「是啊!我在第二十八步兵團。」

「我在第十六團,直到一九一八年六月。我就知道曾經在哪見過你。」

我們聊了一會,聊的都是法國幾個潮溼晦暗的小村落。他顯然就住這附近,因為他說自己買了一架水上飛機,明天一早就要去試試它的性能。

「要不要來,老兄?就在海灣沿岸一帶轉轉。」

「什麼時候?」

「只要你方便都行。」

我正想問他的名字時,喬丹忽然轉頭瞧著我,帶笑問道:

「現在玩得高興了?」

「好多了。」我又轉向剛結識的友人,「我老覺得這個派對很

不尋常，到現在連主人的面都沒見著。我就住在那邊……」我的手朝遠在視線之外的樹籬一甩。「這個姓蓋茨比的請司機送了一份請帖過來。」

他看了我半天，好像聽不懂我的話。

「我就是蓋茨比。」他脫口說道。

「什麼！」我高喊。「哎，真是對不起。」

「我還以為你知道呢！老兄。看來我這個主人不太稱職。」

他善解人意地笑了笑。不，不只是善解人意而已。那是一種罕見的微笑，讓人看了就覺得無比安心，這一生中大概只見得到四、五次。這張笑容注視過——或者是看似注視過——全世界片刻之後，便情不自禁地將全副注意力都轉移到你身上，只對著你一人笑。你彷彿可以感覺到他了解你，就如同你希望獲得了解一般；他相信你，就和你相信自己一樣；他也讓你相信，你盡力想要表達予人的印象，他都感受到了。但就在這個節骨眼上，笑容消失了。我眼前只有一個穿著高雅的魯莽男子，約莫三十一、二歲，由於過度咬文嚼字，顯得有些荒謬。在他自我介紹之前，我便發現他一字一句都經過刻意地斟酌。

蓋茨比才剛剛說出自己的身分，就見到管家慌張趕來，說是芝加哥方面來了電話。他微微躬身一一向我們道歉，一個人也沒有漏掉。

「老兄，想要什麼儘管說，別客氣。」他殷勤地說，「我先告

辭了，待會再來招呼你們。」

他一走，我立刻轉向喬丹，我非得讓她知道我有多麼驚訝。我原以為蓋茨比先生是個紅光滿面、身材肥胖的中年男子。

「他到底是誰？妳知道嗎？」我問她。

「不過就是一個叫蓋茨比的人。」

「我是說他是哪裡人？是做什麼的？」

「你也開始對這個問題有興趣啦？」她微微一笑，回答道。「唔，他曾經告訴我他是牛津畢業的。」

此時他的背景似乎隱約現出雛形，可是接下來的一句話卻又將它打散了。

「不過，我不相信。」

「為什麼？」

「不知道，」她很堅持：「我就是覺得他不像牛津的學生。」

她的口氣讓我想起另一個女孩說的「我覺得他殺過人」，這也更激發了我的好奇心。倘若傳說蓋茨比是從路易斯安那的沼澤區或是紐約東邊的貧民區竄起的，我會毫不懷疑地接受，因為這是可以理解的。可是一個年輕人絕不可能——至少依我這個不諳世事的鄉巴佬之見，絕不可能——莫名其妙冒出頭來，還能在長島海灣上買下一棟豪宅。

「反正他常舉辦大型宴會，」喬丹轉移話題，她和一般都市人一樣，都不喜歡討論具體事實。「我也喜歡大型宴會，感覺多親切，不像小型派對，一點私人時間都沒有。」

此時，大鼓轟隆一聲，樂隊指揮的聲音忽然高高響起，蓋過花園裡的嘈雜人聲。

「各位女士，各位先生，」他高喊著。「應蓋茨比先生的要求，我們將為您演奏弗拉米爾·托斯妥夫先生的最新作品，去年五月這支作品在卡內基音樂廳引起了相當熱烈的迴響。假如各位看了報紙，就應該知道當時所造成的大轟動。」他臉上堆滿得意的笑容，又加了一句：「了不起的轟動！」大家一聽都笑了。

「這支曲名，」樂隊指揮最後以洪亮的聲音說：「叫做『弗拉米爾·托斯妥夫的世界爵士樂史！』」

我沒有注意到托斯妥夫先生作品的風格，因為樂隊一開始演奏，我的視線便落到蓋茨比身上，他站在大理石階上，從這群人看過那群人再看向另一群人，眼神甚是滿意。他臉上的皮膚黝黑而緊繃，十分迷人，頭上的短髮則像是天天修剪一般，實在看不出他有任何邪惡的性格。我想是不是因為他不喝酒，才會在賓客之間凸顯出來，因為好像大家的歡笑聲愈是放肆，他就愈顯得端端正正。世界爵士樂史演奏完畢後，有些年輕女孩活潑地學著小狗將頭倚在男人的肩上，有些則假裝昏厥往後倒在男人懷裡，有些則乾脆往人群裡面倒，因為她們知道總會有人扶住她們——不過沒人倒在蓋茨比身上，沒有剪著法式短髮的女孩將頭貼在他肩上，也沒人會找蓋茨比湊數來個四重唱。

「抱歉,打擾了。」

蓋茨比的管家不知道什麼時候已經站在我們身邊。

「您是貝克小姐嗎?」他問道。「很抱歉,打擾妳了,不過蓋茨比先生希望私下和妳談談。」

「和我?」她驚訝地喊著。

「是的,小姐。」

她緩緩起身,訝異地朝我揚了揚眉毛,然後便隨著管家走向屋內。我發現到她穿著晚禮服或是其他禮服也都像穿著運動服一樣,她的舉止當中有一種輕快活潑,好像從小就會在每個晴朗的早晨,到高爾夫球場去學走路似的。

我又落了單,當時已經快兩點了。有好一會,一個長形的房間裡不斷傳出雜亂而奇怪的聲響,那個房間突伸在陽台外,有好多扇窗戶。和喬丹一起來的大學生正忙著應付兩名歌舞女郎,還求我去幫他。為了避開他,我只好趕緊進屋裡去。

那個大廳裡擠滿了人。那兩名黃衣女子的其中一人正彈著鋼琴。她身旁有一名高高的紅髮女郎在唱歌,是個著名歌舞團的團員,之前喝了不少香檳,唱著唱著也不曉得為什麼突然對世事感到極度悲哀,於是一邊唱歌,一邊流下淚來。只要一到間奏,就發出抽抽搭搭的哽咽聲,間奏一結束,又繼續抖著花腔高音唱下去。淚水淌落她的雙頰,不過流得並不順暢,因為睫毛膏塗得太濃,凝結成許多小顆粒,淚水一碰先暈成墨黑,接著才緩緩地順著臉頰,流成好幾

道黑色的淚痕。有人開玩笑，要她乾脆照著臉上的樂譜唱不就得了，她聽了後兩手往上一甩，跌坐到椅子上，一下子便醉得不省人事。

「她剛才和一個自稱是她丈夫的人打了一架。」旁邊的一個女孩向我解釋。

我四下看了看，還留在這裡的女人大多數都正在和自稱是她們丈夫的人打架。就連喬丹的同伴，來自東卵的那四位，也因為意見不合而鬧得分崩離析。其中一個男人正和一名年輕女演員聊天，聊得極為起勁，他的妻子本來還若無其事地置之一笑，後來卻全豁出去了，還採取側面攻擊的戰略——她不時像隻憤怒的毒蛇出其不意地竄出來，在他耳邊嘶叫道：「你答應過的！」

不過，不想回家的不僅止酒醉後反覆無常的人。現在玄關大廳裡，就有兩個清醒得可憐的男人，與他們憤怒不已的妻子。兩個婦人扯著嗓子，一搭一唱地附和著對方。

「每次他一看我玩得高興，他就要回家。」

「我這輩子從來沒見過這麼自私的人。」

「我們每次都是第一個離開的。」

「我們也是。」

「喂，今天晚上幾乎是最後走的了。」其中一人的丈夫怯怯地說。「樂隊早在半個小時前就結束了。」

雖然兩個女人都認為丈夫實在太不講理、太過分，不過這場爭吵終於在一陣掙扎之中結束，兩個男人各自抱起老婆走入夜色中，也顧不得她們雙腳亂踢了。

在玄關等著管家替我拿帽子來時，藏書室的門開了，喬丹·貝克和蓋茨比一同走了出來。他和她說著臨別前的最後幾句話，可是當幾個人上前來道別時，他原本熱切的態度突然一瞬間又變得拘謹。

喬丹的同伴不耐煩地在陽台上直催她，但她還是多留了一會和我握手。

「我剛才聽到的話實在太不可思議了。」她低聲說。「我們在裡頭待了多久？」

「嗯，差不多一個小時。」

「實在是……太不可思議了。」她愣愣地又說了一遍。「我剛剛才發誓不說出來的，現在又在這裡吊你胃口。」她面對著我優雅地打了個呵欠。「請你來找我……電話簿……登記的是雪歌妮·豪爾夫人的名字……是我姑媽……」她一面說一面趕著出去，瀟灑一揮那被太陽曬黑的手，便沒入了等在門口的同伴群中。

第一次出席就待這麼晚，我覺得很不好意思，便和幾個最後離去的客人，一起圍在蓋茨比身邊。我想向他解釋其實之前找過他，也順便為自己在花園裡沒認出他而道歉。

「沒關係的。」他很誠懇地安慰我，「不要再多想了，老兄。」雖然稱呼得熱絡，而且還用手拍拍我的肩膀要我安心，可是感覺卻

並不是真的那麼親密。「別忘了明天早上九點,我們還要一起去試那架水上飛機。」

這時候,管家在他身後說:「先生,費城有電話找你。」

「好的,等一下。告訴他們我馬上來⋯⋯再見。」

「再見。」

「再見。」他微笑著,頓時讓人覺得能夠是最後離開的客人之一似乎意義非凡,好像他一直希望你能晚點走似的。「再見,老兄⋯⋯再見。」

但當我走下階梯,卻發現這熱鬧的一夜尚未完全結束。距離大門五十碼的地方,有十幾團車燈照著一個怪異而喧鬧的場面。路旁大水溝裡,躺著一部全新的雙門跑車,右側朝上,有個車輪已經被撞掉了。因為那輛車子從蓋茨比家的車道駛出來還不到兩分鐘,就撞上牆面一塊突出的地方,於是有六、七個好奇的司機紛紛下車關心,然而他們的車擋住了去路,於是後面的車不斷發出尖銳刺耳的喇叭噪音,使得場面更加混亂。

一個穿著長風衣的男人,從撞毀的車子裡爬出來,站在路中央。他看看車子又看看輪胎,看了輪胎又看著旁觀的群眾,神情有點高興又有點困惑。

「看吧!」他解釋著。「車子跑到水溝裡去了。」

他感到無比的訝異。聽到那特殊的驚訝口氣,我起先覺得耳熟,

後來一看也認出來了──他就是剛才光顧蓋茨比藏書室的那個人。

「出什麼事了？」

他聳了聳肩。

「我對機械根本一竅不通。」他斷然地說。

「到底出了什麼事？你撞牆了嗎？」

「別問我了。」貓頭鷹先生將責任推得一乾二淨。「開車我懂得不多，差不多可以說是完全不懂。我只知道出事了，其他的一概不知。」

「你要是開車技術不好，就不應該在夜裡開車，拿生命開玩笑。」

「我可沒有開玩笑。」他氣憤地解釋。「我沒有開玩笑。」

旁觀的人一時嚇得鴉雀無聲。

「你想自殺啊？」

「幸好只是個輪胎，算你運氣！技術不好，還說沒有開玩笑！」

「你們沒弄明白，」肇事者解釋。「開車的不是我。車子裡還有另外一個人。」

大家聽了他的話大吃一驚。當見到跑車的門緩緩打開，更是不禁異口同聲地大叫：「啊呀！」群眾──現在已經聚集成眾了──

不由自主地往後退，當車門大開，忽然有一種像是幽靈即將出現的
凝滯氣氛。緊接著，一個臉色慘白、搖擺不定的人非常緩慢地，一
個部位一個部位地跨出撞壞的車身，一隻穿著大舞鞋的腳還有點遲
疑地先在地上點一點。

這個幽靈般的人物，被車燈的強光刺得睜不開眼，又被不斷亂
鳴的喇叭聲搞得莫名其妙。他晃晃悠悠地站了一會，才看見穿著長
風衣的那個人。

「怎麼回事？」他平靜地問。「車子沒油了嗎？」

「你看！」

六、七根手指頭同時指向那個破了的輪胎──他瞪了輪胎半晌，
然後仰頭往上看，彷彿輪胎是從天上掉下來似的。

「撞掉了。」有人向他解釋。

他點點頭。

「起先我還沒發現我們停下來了。」

頓了一下之後，他深深吸了一口氣，兩肩打直，並以決斷的口
氣說：

「有沒有人可以告訴我，哪裡有加油站？」

周遭至少有六、七個人搶著向他解釋，輪胎和車身已經完全脫
離了，這些人當中有幾個人的酒醉情況比他好不了多少。

「往後退。」他提議。「把車倒出來。」

「可是輪子已經掉下來了！」

他猶豫著。

「試試看無妨。」他又說。

喇叭尖銳的咆哮聲愈來愈猛烈，我轉身穿過草坪往家裡走去，又一度回頭瞄了一眼。蓋茨比的花園仍然光輝耀眼，雖然笑聲與噪音已經沉寂，但如薄餅般的月亮還是高照著他的宅邸，夜色美如往昔。瞬間，彷彿有一股空虛從窗戶與大門流瀉而出，將主人站在陽台上舉著手揮別的身影，完全孤立了起來。

我將前面所寫的重新看過一遍之後，發現可能會讓人產生誤會，以為那相隔著幾個禮拜的三天夜裡所發生的事，就佔去了我全部的時間。其實，那只是繁忙夏日的幾件瑣事，我一向十分專注於個人的私事，這些也是直到後來才開始留意的。

我大部分的時間都在工作。每天一早迎著東方旭日，匆忙沿著紐約下城摩天大樓間的罅隙，趕往「廉誠信託公司」上班。我和公司裡其他職員和年輕的業務員混得很熟，中午還會和他們到陰暗、擁擠的餐館吃小香腸、馬鈴薯泥，喝咖啡。我甚至還和一個住在澤西市的女孩譜出一段短暫的戀曲，她在會計部門做事，不過因為她哥哥開始對我顯出敵意，因此當她七月去渡假時，我也就讓這段戀情悄悄結束了。

平常我都在耶魯學生聯誼會吃晚飯——不知道為什麼這總是我

一天中最悶悶不樂的時刻。吃過飯後，便到樓上的圖書室研究投資與證券，而且是紮紮實實地用功一個小時。聯誼會裡總有一些惹是生非的人，不過這些人絕不會進圖書室來，所以這是個用功的好地方。之後，假如夜色很美，就會沿著麥迪遜街走，經過老牌的莫瑞山飯店，再沿三十三街到賓夕法尼亞車站。

我漸漸愛上了紐約，愛上了紐約夜裡生氣盎然而刺激的感覺，也愛男男女女與往來車輛讓人目不暇給的滿足感；喜歡走在第五大道上，從人群裡挑出一些能令人產生遐想的女人；想像著自己即將進入她們的生命，但誰也不會知道，也不會有誰反對。有時候，會暗自想像著自己尾隨她們回家的情形，她們的住處可能在某條隱密街道的一角，當她們推門進入，身影消失在溫暖的暗夜之前，還會轉身對我微微一笑。在大都會迷人的暮色裡，偶爾會感覺到一種縈繞不去的寂寞，從別人身上似乎也反應了這種感覺，例如公司那些可憐的年輕職員，下了班便在櫥窗前閒晃，等到了晚餐時間才一個人去餐館吃飯——一群在黃昏時分虛擲光陰的年輕職員，浪費的是夜晚與生命中最寶貴的時刻。

到了晚上八點，當引擎隆隆的計程車五列並排地擠在四十幾街的幽暗車道上，準備開往戲院時，我的心便開始往下沉。車子停下等候之際，只見車中的人影靠在一起，語聲曼妙，有人不知聽了什麼笑話而傳出笑聲，車裡還隱約可見一圈圈點燃的香菸頭閃著紅光。我想像自己也正奔向歡樂，與他們共享著內心的興奮，便會由衷地祝福他們。

我有好一陣子沒見到喬丹·貝克。直到仲夏時節，我們才又再

次相遇。起初，只是感到榮幸能陪著她到處跑，因為她是高爾夫球名將，大家都認得她。後來卻似乎多了一點什麼，倒也不是真的墜入情網，只是有一種帶著溫柔情愫的好奇。她面對外界時總顯得厭煩而傲慢，其中想必有隱情——虛矯的神情總是會隱藏些什麼，即使一開始並非如此——有一天我終於找到答案。那天我們到渥威克一個朋友家去參加宴會，她將借來的車停在外面沒有把頂篷拉上，被雨給淋了，後來還說謊掩飾。忽然間我想起在黛西家那天晚上，一直不記得曾經聽過她什麼樣的傳聞，現在倒想起來了。就在她第一次參加大型高爾夫球錦標賽時，發生一件事差點就上了報——有人說她在準決賽時作弊將球移動了。這件事幾乎鬧得滿城風雨，後來卻因為放出風聲的球僮收回他的話，而另一個唯一的證人也承認自己可能看錯，事情也就無疾而終。不過，我一直對這事件和主角的姓名，留有印象。

喬丹・貝克會下意識地躲避聰明機靈的男人，現在我才明白，因為和循規蹈矩、心思純正的人在一起，她比較有安全感。她的不老實，已是無可救藥了。她無法忍受自己處於下風，我想也正因為如此，她應該早就學會找各種藉口，如此既可以隨時對外界保持冷漠與傲慢的微笑，又能夠滿足自己那結實好動的身體需求。

對我來說倒也無所謂。女人的不誠實很難讓人深責——有時候想到她的行為我會覺得遺憾，但過了也就忘了。同在那次的宴會上，我們聊到開車，對話的內容有些奇怪。之所以談到這個話題，是因為她開車差點撞到幾個工人，其中一人的外套鈕扣，還被車子的擋泥板給擦落了。

「妳開車技術真差勁。」我提出抗議。「要嘛妳小心點,不然就根本別開車。」

「我很小心的。」

「一點也不。」

「反正別人小心就行了。」她說得輕描淡寫。

「這與妳有什麼關係?」

「那他們就會避開我了。」她頑固地說,「總得兩輛車都不小心才會出事吧!」

「那萬一妳遇到一個和妳一樣粗心的人呢?」

「希望永遠也碰不到,」她回答。「我最討厭粗心的人了,所以才會喜歡你。」

　　她那雙灰色眼睛直盯著前方,但已經刻意地改變了我們的關係,有一會,我還覺得自己是真的愛她。但是我的思緒一向遲鈍,又有許多原則迫使自己壓抑情感,而且我得先澈底擺脫家鄉的那團情感糾結。一直以來,每個禮拜我都會寫一封信給家鄉女友,信尾署名「愛妳,尼克」,但腦海中所能想到的畫面,卻只是那個女孩打網球時,上脣所沁出的一道薄薄汗鬚。然而,我們畢竟也算是有著某種程度的約定,只有很技巧地結束這份約定,我才能獲得自由。

　　每個人都會自認為至少擁有一項基本美德,我的美德就是誠實。

知道自己誠實的人實在少之又少，而我便是其中之一。

Four

「這世上只有追求者與被追求者之分，一個忙碌，一個疲憊。」

禮拜天早上，當沿海小鎮的教堂鐘聲響起，所有的男士再次和女伴回到蓋茨比的大別墅，在他的草坪上快活地閒聊著。

「他是個賣私酒的。」穿梭在雞尾酒池與鮮花叢間的年輕女士們這麼說。「他殺過一個人，因為那個人發現他是德國興登堡元帥的姪子，是魔鬼的表親。替我摘一朵玫瑰吧！親愛的。順便在那邊那只水晶杯裡倒點酒，讓我喝一口。」

有一回，我在一張火車時刻表的空白處，寫下了那年夏天造訪蓋茨比的客人姓名。這張時刻表已經很舊，摺起的地方也差不多要解體了，最前面寫著：「本表所列時刻自一九二二年七月五日起生效」。不過從模糊的字跡還是可以辨識得出人名來，這些人接受了蓋茨比的款待，回報給他的卻只是對他的一無所知，現在看看這份名單，應該會比我籠統的介紹讓大家更清楚地認識他們。

那麼就從東卵開始吧！其中有契斯特‧畢克夫婦和利奇夫婦、一個我在耶魯認識的姓邦森的人，還有韋伯斯特‧席維特醫師，但他去年夏天在緬因州溺水過世了。還有霍恩賓夫婦、威利‧伏爾泰夫婦，和布雷巴克一大家子的人，他們老是躲在某個角落裡，一有人經過，就一個個像山羊一樣把鼻子翹得高高的。還有伊斯美夫婦、克利斯提夫婦（其實應該說是修伯特‧奧爾巴陪同克利斯提先生的妻子），和艾德格‧畢弗——聽說有一年冬天的下午，他的頭髮竟無緣無故地全轉白了。

我記得克萊倫斯‧安帝夫也是從東卵來的。他只來過一次，穿著一條半長的馬褲，還在花園裡和一個叫艾提的無賴打了一架。至於從比長島更遠的地方來的，有契多爾夫婦、史瑞德夫婦、喬治亞

州的史東瓦‧傑克森‧亞伯雷姆夫婦，以及費雪加爾夫婦和雷普利‧史奈爾夫婦。史奈爾在坐牢的前三天還來參加宴會，那天他醉倒在碎石車道上，右手還被尤里西斯‧史威特夫人的車給輾了過去。丹西夫婦也來過，還有早已年過花甲的懷特貝、莫里斯‧弗林克、海默赫夫婦、煙草進口商柏魯加，和柏魯加帶來的幾位小姐。

來自西卵的有波爾夫婦、莫瑞迪夫婦、賽索‧羅巴克、賽索‧休恩、參議員古里克，還有「卓越電影公司」的老闆紐頓‧歐奇德，以及艾科豪斯、克萊德‧柯漢、唐‧史瓦茲（小史瓦茲）和亞瑟‧麥卡提，這些人都多多少少與電影界有些關連。還有凱利普夫婦、班柏格夫婦和厄爾‧莫頓，也就是後來勒死自己妻子的莫頓的兄弟。作投資的達‧方塔諾也受邀來過，還有艾德‧利葛洛斯、詹姆斯‧費瑞特（綽號「酒鬼」）、德戎夫婦、厄尼斯‧李利，這些人是來賭博的，只要見到費瑞特走進花園裡閒逛，就表示他被清出場了，隔天「聯合鐵路運輸公司」的股票非得大漲一番，讓他拾回本錢不可。

一名姓克利史賓格的人因為常來，大家便都叫他「食客」——我倒懷疑他是不是沒有家。戲劇界的人物有：葛斯‧威茲、賀瑞斯‧歐唐納文、萊斯特‧梅爾、喬治‧達克威和法蘭西斯‧布爾。還有從紐約來的克羅姆夫婦、貝克海森夫婦、丹尼克夫婦、羅素‧貝提、柯瑞根夫婦、凱勒荷夫婦、德瓦爾夫婦、史克里夫婦、貝爾卻、史莫克夫婦，和年紀輕輕但如今已離婚的昆恩夫婦，還有在時報廣場跳下地鐵軌道自殺的亨利‧培爾梅托。

班尼‧麥克雷納漢來的時候總是帶著四名女子。每次來的人大

多都不一樣，可是因為長得實在太像了，難免讓人感到似曾相識。
她們的名字我不記得了——大概是賈克琳，或者是康絲薇拉，或是
葛蘿莉亞、茱蒂、裘恩之類的，而她們的姓氏要不是悅耳的花名、
月分名稱，就是嚴肅一點的美國大企業家的姓氏，這時若被逼急了，
她們也會承認自己其實就是該企業家的親戚。

除了這些人，我還記得弗絲提娜‧歐布萊恩至少來過一次，還
有貝迪克家的小姐們，以及戰爭期間被轟掉鼻子的小布魯爾，艾伯
拉克柏格先生與他的未婚妻海格小姐，雅迪塔‧費茲彼得、曾任美
國退伍軍人協會會長的裘伊特先生，以及克蘿蒂亞‧希普小姐。同
她一起的男伴，據說是她的司機。還有一個不知道是什麼地方的親
王，大家都叫他「公爵」，就算我當時知道他的名字，現在也忘了。

以上這些人，都在夏天光臨過蓋茨比的豪宅。

七月底，有一天上午九點，蓋茨比的豪華轎車搖搖擺擺地開上
我門前顛簸的車道，車上的喇叭也響起了一陣旋律。雖然我參加過
兩次他的宴會，搭過他的水上飛機，也應他熱誠的邀請經常光顧他
的海灘，但這卻是他頭一次上我家來。

「早啊！老兄。既然中午要一塊吃飯，我們就一起開車去吧！」

他以美國人典型的矯捷動作，把一隻腳跨上擋泥板——我想這
可能是因為少年時期不常搬舉重物的緣故，而且我們總喜歡隨性而
刺激的運動，也就更加不習慣規規矩矩的姿態了。這種焦躁不安的
特質，便不時從他矜持的態度中流露出來。只見他一直坐立不安，
不是抖著腳，就是手掌不斷地一張一合。

他看見我用羨慕的眼光望著他的車。

「這部車漂亮吧？老兄。」他跳下車來，好讓我看個仔細。「你沒見過嗎？」

我見過，大家都見過。這輛車是鮮亮的乳白色，金屬邊閃閃發光，巨長的車身凹凸有致，還設有龐大的置帽箱、置餐箱和工具箱，前方隆起一片錯綜複雜的擋風玻璃，上頭映出了十幾個太陽。我們坐在層層疊疊玻璃後面的綠色皮椅上──好像駕著一個玻璃暖房似的──往城裡出發。

過去一個月來，我和他談過幾次話，但令我失望的是他並沒有吐露些什麼。起先我以為他是個隱姓埋名的大人物，後來這種感覺漸漸變淡，他也不過就像是隔壁一家豪華酒店的老闆罷了。

結果這天坐上他的車，反倒讓我感到窘迫。原本談吐優雅的蓋茨比，還沒有到西卵鎮便開始支支吾吾，一隻手遲疑地拍著淡褐色西裝褲的膝頭。

「老兄啊！」他忽然出聲，嚇了我一跳。「老實說，你覺得我這人怎麼樣？」

我有點不知所措，只得拿對付這類問題的場面話搪塞。

「我想和你說說我的一些經歷，」他打斷我的話。「我不希望你聽信那些謠言，對我產生誤會。」

這麼說，在宴客廳裡大家加諸在他身上的那些奇怪罪名，他是

知道的。

「我向老天發誓，我說的都是實話。」他突然舉起右手，對天發誓。「我是中西部一戶富有人家的子弟，家人全過世了。在美國長大，卻在牛津受教育，因為多年來我的先人都是在那裡受教育的，這是我們的家庭傳統。」

他一面說一面斜睨著我，而我明白了為什麼喬丹・貝克認為他在說謊——在說到「在牛津受教育」這句話時，他似乎含糊地帶過，又像是嚥了回去，或是梗在喉頭，就好像深感困擾似的。由於有了這層懷疑，他的整段告白也隨之粉碎，我心裡還想也許他真有些什麼不可告人的事。

「中西部什麼地方？」我隨口問著。

「舊金山。」

「喔。」

「我家人全過世了，我也繼承了一大筆財產。」

他的聲音很嚴肅，好像家族滅門的陰影還籠罩著他。有一度我懷疑他在耍我，但瞥了他一眼之後，便相信是自己多心了。

「之後我過著像王公貴族的生活，跑遍了歐洲各國的首都——巴黎、威尼斯、羅馬——收集各種珠寶，主要是紅寶石，獵一些大獵物，偶爾作作畫。純粹是個人的興趣，一方面也試著去忘記很久以前的一件傷心事。」

　　我好不容易才忍住不笑，因為我根本不信。聽完這些老掉牙的話，我腦海中只浮現出一個畫面，那就是一個纏著頭巾的「印度阿三」，像全身塞滿木屑的木偶一樣，在巴黎的布隆涅森林裡追捕老虎。

　　「接著戰爭就爆發了，老兄。可真讓人鬆了一口氣，我想盡辦法想一死了之，可是卻好像受到什麼神咒保護似的。戰爭一開始，我被委任為中尉。在法國阿爾岡林山區，帶著機槍營殘餘的弟兄拚命往前衝，結果步兵隊伍跟不上，竟然使得我們方圓半哩之內都成了無人掩護的地帶。我們一百三十個人，帶了十六把路易斯式機關槍，在那兒待了兩天兩夜，最後當步兵隊伍攻上來時，在成堆的屍體當中發現了德軍三個師的徽章。後來我不但被調升為少校，而且盟軍的各個政府也都授勳給我——就連蒙特尼哥羅，那個遠在亞得里亞海上的小國蒙特尼哥羅也不例外！」

　　小國蒙地內哥羅！說到這幾個字，他聲音提高了些，還一邊點頭微笑。似乎是微笑著表示能理解蒙地內哥羅動亂的歷史，也對英勇抗爭的蒙地內哥羅人民表示同情。他的微笑也像是在感謝這一連串的動盪局勢，使得蒙地內哥羅能有機會向他致上小小的溫暖心意。聽完這番話，我的懷疑已經轉為驚奇——彷彿快速地瀏覽過十幾本雜誌。

　　他把手伸進口袋，接著，一塊繫著絲帶的金屬落在我手心。

　　「這就是蒙地內哥羅頒給我的。」

　　我很驚訝，這玩意看來竟不像是假的。圓邊上還刻著：「丹尼

洛勳章，蒙地內哥羅，尼可拉斯二世。」

「看看反面。」

「頒贈傑伊・蓋茨比少校——英勇過人」我照著唸。

「還有一樣東西我也都隨身帶著，是牛津時代的紀念品。這是在三一學院拍的，我左手邊的那個人，現在已經成了丹卡斯特伯爵。」

那是一張合照，相片裡有六、七個年輕人穿著鮮亮的運動服，悠閒地站在拱廊上，從拱廊望過去，可以看到一大排尖尖的屋頂。蓋茨比也在裡頭，看起來比現在年輕一點，但差別不大，手裡握著一支打板球用的球板。

這麼說來全是真的了。此時，我彷彿看見他在威尼斯大運河旁的豪宅裡，掛著鮮艷明亮的虎皮；也彷彿看見他打開一箱紅寶石，讓那血紅的色澤紓解他心碎的痛苦。

「今天我有件事想請你幫忙。」他邊說邊心滿意足地將那兩樣紀念物品收進口袋。「所以我想應該讓你對我有點了解，我不想讓你以為我只是個無名小卒。你也知道，我總是在陌生人身旁東飄西蕩就為了忘掉這件傷心事。」他頓了一下。「下午你就會知道了。」

「吃午飯的時候？」

「不，是今天下午。我碰巧聽說你約了貝克小姐喝下午茶。」

「你是說你愛上了貝克小姐？」

「不是的，老兄，我沒有。不過貝克小姐很好意地答應了我，要和你談談這件事。」

關於他所說的「這件事」，我毫無頭緒。我非但不感興趣，還覺得生氣——我約喬丹喝茶可不是為了討論你傑伊・蓋茨比的事。可以肯定的是，他的要求一定是異想天開到了極點，就在這一刻我忽然後悔了，我根本不該踏上他那塊宴客如潮的草坪。

蓋茨比不再多說什麼。離市區愈近，他也變得更加拘謹。我們經過了羅斯福港，從那裡可以瞥見漆上鮮紅條紋的出海船隻，又疾馳過貧民區的石子路，兩旁全是已褪去光華的幽暗酒館，裡面仍有不少人影晃動。接著灰渣谷地在我們眼前展開，經過威爾森修車廠的時候，我一眼就看到威爾森太太站在汽油泵旁，氣喘吁吁地使勁替人加油。

車子在皇后區的阿斯托利亞疾駛，擋泥板有如展開雙翼般，為半個區域散佈光明——只有半個，因為當我們在高架鐵道的支柱間迂迴繞行時，我聽到了熟悉的「噗噗噗」摩托車聲，接著一位警察氣極敗壞地衝了上來。

「好啦！老兄。」蓋茨比喊著，一邊放慢車速。他從皮夾裡掏出一張白色卡片，往警察面前揮了幾下。

「是、是的。」警察舉帽致歉，並說：「蓋茨比先生，下次會認出您的。真是對不起！」

「那是什麼？」我問他。「在牛津拍的照片嗎？」

「我曾經幫過警察廳長一個忙，後來他每年耶誕節都會寄卡片給我。」

車子開在皇后大橋上，陽光由桁架間射進來，照得行進的車流閃閃發光。對面河岸的市區頓時聳立在眼前，一幢幢像方糖的白色大樓，全是出於好心建造的，毫無銅臭味。從皇后區大橋上看著紐約，那奇異的景觀總讓人覺得是初次乍見，包含了全世界所有的美麗與神祕。

一輛裝著死人的靈車從我們旁邊經過，車上堆滿鮮花，後面跟著兩輛窗簾緊閉的轎車，和幾輛載著親友、氣氛比較輕鬆的車子。那些親友透過車窗朝我們看來，他們有著悲傷的眼神、薄薄的上脣以及典型的東南歐臉孔。我很慶幸他們在這個陰鬱的日子裡，還能見到蓋茨比這輛亮麗的車。當我們穿越布雷克威爾島時，一輛豪華轎車超了我們的車，開車的是個白人司機，車中坐了兩男一女的黑人，全都打扮得很時髦。他們對我們翻了個白眼，用趾高氣揚的挑釁神態看向我們，我不禁放聲大笑。

「過了這座橋，就什麼怪事都見得到了。」我心想。「什麼怪事都有……」

連蓋茨比這種人物都有，實在沒什麼好驚訝的。

熾熱的中午。我和蓋茨比約好在四十二街一間電扇大開的地下餐廳吃飯。剛從外頭亮晃晃的街道走進來，我眨眨眼，隱約看見他

正在和另一個人說話。

「這位是卡拉威先生，這位是我的朋友沃夫辛先生。」

那個矮小、塌鼻子的猶太人抬起大大的頭，用鼻毛濃密的鼻孔瞪著我。過了一會，我才在昏暗之中注意到他的小眼睛。

「——後來我看了他一眼，」沃夫辛先生熱情地和我握手，然後一邊說。「你猜我怎麼做？」

「怎麼做？」我客氣地問。

但他顯然不是和我說話，因為他隨即放開我的手，卻把那表情生動的鼻子，對準了蓋茨比。

「我把錢拿給凱茨波，然後對他說：『好吧！凱茨波，要是他不閉嘴的話，就一毛錢也別付。』他馬上就閉嘴了。」

沃夫辛先生還要再說，蓋茨比卻一手挽著他，一手勾著我往餐廳裡面走去，沃夫辛到嘴邊的話只得嚥了回去，一時顯得有些茫然。

「來杯威士忌調酒嗎？」領班侍者問。

「這間餐廳不錯，」沃夫辛先生盯著天花板上的長老會仙女說：「不過我還是比較喜歡對街那間。」

「是的，威士忌調酒。」蓋茨比點頭回答，然後對沃夫辛先生說：「那邊太熱了。」

「又熱又擠──沒錯，」沃夫辛先生說。「可是充滿了回憶。」

「什麼地方？」我問道。

「老京城。」

「老京城，」沃夫辛先生若有所思地說：「充滿了逝去的、遠去的面孔，充滿了一去不返的友人。只要我還活著一天，就忘不了羅西‧羅森索被殺的那夜。當時我們有六個人，羅西一整晚吃喝個不停。天快亮的時候，服務生走到他身邊，表情有點奇怪，說外面有人想找他談談。『知道了。』羅西邊說邊站起來，而我伸手將他拉回到座位上。

「羅西，要是那些混帳東西想找你，就讓他們進來，我拜託你不要走出這個房間。」

「那時候是清晨四點鐘，要是掀開窗簾，就會看見天光了。」

「他去了嗎？」我天真地問。

「他當然去了。」沃夫辛先生忿忿地把鼻子朝我這邊一甩。「他走到門邊，還轉過身來說：『叫服務生先別收走我的咖啡。』說完就走到外頭的人行道上，他們對準他吃得飽飽的肚子射了三槍，就開車跑了。」

「其中有四個人被送上了電椅。」我補了一句，回憶著當年的新聞事件。

「五個，還有畢克。」他把鼻孔又轉向我，似乎感到興趣。「我聽說你想找『蒙路』做生意。」

這兩句話連著一起說，讓我嚇了一跳。結果蓋茨比替我回答了。

「不是，」他嚷著說。「不是他。」

「不是啊？」沃夫辛先生顯得頗為失望。

「他只是一個普通朋友。和你說過了，改天再談那件事。」

「對不起，」沃夫辛先生說。「我搞錯人了。」

這時候上了一道美味的馬鈴薯泥，沃夫辛先生立刻將充滿傷感氣氛的「老京城」拋到腦後，開始吃了起來。不過他非常小心翼翼，一面吃，眼睛一面繞著房間的各個角落轉來轉去——掃視完了前方與左右兩邊，最後還轉過身子看看背後的人。我心想，若不是我在場，他可能會彎身到桌子底下去瞄一瞄。

「老兄，」蓋茨比湊上前來。「今天早上在車裡，我惹得你有點不高興吧？」

臉上又是那副笑容，不過這回我決定反抗到底。

「我不喜歡你故作神祕，」我回答，「而且也不明白，你為什麼就不能直截了當地說你想幹什麼，還要透過貝克小姐來傳話？」

「喔，這裡頭絕沒有什麼不可告人的祕密。」他向我保證。「你知道的，貝克小姐是位傑出的運動名將，她絕對不會做什麼不正當

91

的事。」

　　忽然間，他瞥了一下手錶，跳起身來，丟下我和沃夫辛先生，就匆匆忙忙地走了。

　　「他得去打個電話。」沃夫辛先生一直看著他走出去，然後說：「很不錯的一個人，是吧？人長得好，又有紳士風度。」

　　「是啊！」

　　「他是『牛欽』畢業的。」

　　「喔！」

　　「他上過英國的『牛欽』大學。你知道『牛欽』大學嗎？」

　　「我聽說過。」

　　「那可是全世界數一數二的著名大學。」

　　「你和蓋茨比認識很久了嗎？」我問道。

　　「有幾年了。」他回答的口氣帶著點欣慰。「戰後不久，我有幸認識了他。和他談了一小時，就知道他是個出身不錯的人。於是我對自己說：『這個人你會想帶回家，介紹給母親和妹妹。』」他頓了一下又說：「你好像在看我的袖扣。」

　　我本來沒有注意他的袖扣，聽他這麼一說才看了一下。那象牙袖扣看來異常眼熟。

「這是高級的真人臼齒。」他告訴我。

「真的？」我仔細地瞧了瞧。「真是別出心裁。」

「是啊！」他雙手猛地一動，把襯衫袖口收回外套底下。「是啊！蓋茨比對女人一向很小心的，絕不會打朋友老婆的主意。」

那個讓沃夫辛先生第一眼看到就覺得可以信賴的人，又回到座位坐下，這時沃夫辛一口把咖啡喝了之後，站起身來。

「很愉快的午餐，」沃夫辛說：「趁著我還沒有變得惹人厭之前，我就先失陪了，兩位年輕人。」

「不急啊！梅爾。」蓋茨比淡淡地說。沃夫辛先生做了一個祝禱的手勢。

「你太客氣了，不過我和你們是不同世代的人。」他正經地說，「你們就坐在這裡，繼續討論你們的運動、你們的女朋友、你們的……」他揮揮手代替沒說出來的那個名詞。「至於我！都已經五十了，就不打擾兩位了。」

當他握完手轉身時，那個戲劇性的鼻子又抽動起來。我不知道自己是不是說了什麼話惹他生氣。

「他有時候會變得很情緒化。」蓋茨比解釋著說：「今天就是他情緒化的日子。他可是紐約出了名的怪人——百老匯的一個人物。」

「他到底是誰，演員嗎？」

「不是。」

「牙醫？」

「梅爾·沃夫辛？不是，他是個賭徒。」蓋茨比猶豫了一下，又冷冷地加上一句。「一九一九年世界棒球聯賽上，操盤作弊的人就是他。」

「在世界聯賽上操盤作弊？」我重複一遍。

這真是叫我錯愕不已。我當然記得一九一九年世界聯賽的作弊事件，可是每次一想到這件事，總覺得這種事難免會發生，是無可避免的。但我怎麼也想不到，如此玩弄五千萬忠實球迷的大案子，竟然會是一個人的傑作──就和一個全心全意想撬開保險箱的歹徒一樣。

「他是怎麼辦到的？」我停了一下才問。

「他只是剛好逮到機會。」

「他怎麼沒坐牢？」

「他們抓不到他的，老兄，他可是個聰明人。」

吃完飯我堅持付帳。後來侍者找零時，在滿屋子的人裡我看見了湯姆·布坎南。

「隨我來一下。」我說，「我去打個招呼。」

湯姆看到我們連忙跳起身來，朝著我們走了六、七步。

「這陣子你到哪裡去了？」他急切地問。「你一直沒打電話來，黛西好生氣。」

「這位是蓋茨比先生。布坎南先生。」

他們隨意地握了握手，蓋茨比臉上突然出現一種很不自然且少見的窘迫神情。

「你最近還好吧？」湯姆問我。「怎麼會跑這麼遠來吃飯？」

「我剛剛和蓋茨比先生一起吃飯。」

說完一轉身，蓋茨比已經不見了。

一九一七年十月裡的某一天。

那天下午，在廣場飯店的露天茶館，喬丹·貝克直挺挺地坐在一張高椅背的椅子上，這麼對我說：

「……我一直沿路走著，一半走在人行道上，一半走在草地上。我比較喜歡走草地，因為我穿了一雙英國製的鞋子，鞋底有一顆顆的橡膠顆粒，一碰到鬆軟泥土就會陷進去。我還穿了新的格子裙，風一吹就輕輕飄起。屋子前面掛的紅白藍三色旗幟也會大開，發出

不以為然的『嘖嘖』聲。

　　其中就屬黛西‧費家的旗子最大、草坪最大。那時她剛滿十八歲，大我兩歲，她是全路易維爾最受歡迎的女孩。她喜歡穿白色衣裳，開著一輛小小的白色兩人座敞篷車，家裡的電話成天響個不停，全是泰勒軍營的年輕軍官打來的，他們希望自己能夠獲得青睞，可以獨占她一整晚。『不然，一個小時也好！』

　　那天早上我走到她家對面時，黛西那輛白色敞篷車停在路邊，和一個我從未見過的中尉軍官坐在裡面。他們倆都專注地看著對方，到了忘我的地步，直到我離他們五步遠的時候，她才看到我。

　　『嗨，喬丹。』她突然出聲喊我。『妳過來一下好嗎？』

　　她竟然想和我說話，這讓我覺得受寵若驚，因為所有年紀比我大的女孩當中，我最喜歡她了。她問我是不是要到紅十字會去做禮拜，我說是的。她說能不能幫她帶個口信說她那天不能去了。黛西說話時，那名軍官一直看著她──每個少女一定都希望，有一天也能有人這麼看著自己──因為他的眼神實在太浪漫了，所以到今天我都還記憶深刻。他的名字叫作傑伊‧蓋茨比。而那天過後，我有四年多沒有再見到他，就連最初在長島遇見他時，我也不知道原來就是同一個人。

　　那是一九一七年的事。第二年，我也有了一些追求者，加上開始參加球賽，因此不常和黛西碰面。和她交往的人年紀都稍微大一點──我是說如果她有交往對象的話。有一些關於她的謠言傳得很兇，聽說有一個冬天晚上，她母親發現她正收拾衣物，打算上紐約

去和一個即將到海外參戰的軍人道別。最後沒去成,可是她也好幾個禮拜不和家人說話。經過這件事,黛西就不再和軍人鬼混,只和城裡幾個因扁平足或近視而無法從軍的年輕人來往。

到了隔年秋天,她又恢復昔日的光彩。停戰之後,父母為她辦了一個盛大的舞會,到了二月,她好像和一個紐奧爾良的人訂了婚,但六月時卻嫁給了芝加哥人湯姆‧布坎南。婚禮的奢華與隆重,在路易維爾前所未見。他包了四節火車,帶著一百個人南下,租下穆爾巴飯店的一整層樓。還在婚禮前一天,送給她一串價值三十五萬美元的珍珠項鍊。

我擔任伴娘。婚禮前一晚,我們為新娘辦了一個餐會。我在餐會開始前半個小時到黛西房裡去,卻發現她躺在床上,身上穿著色彩繽紛的禮服,美麗得有如六月的夏夜,但同時也醉得不省人事。她一手握著一瓶白葡萄酒,另一手拿著一封信。

『恭喜我吧!』她喃喃地說,『以前從沒喝過酒,想不到酒這麼好喝。』

『妳怎麼了,黛西?』

老實告訴你,我當時好怕,我從來沒看過哪個女孩像她這樣。

『親愛的,拿去吧!』她把垃圾桶抱到床上,往裡頭亂摸一陣,最後終於扯出了一條珍珠項鍊。『拿到樓下去,誰給的就還給誰吧!告訴他們,黛西反悔了。妳就說:黛西反悔了!』

她說著就哭了起來——哭了又哭,哭了又哭。我趕緊跑出來,

找到了她母親的女僕，我們一起把門鎖住，讓她泡個冷水澡。她抓著信不放，帶進浴缸裡揉成溼溼的一團紙球，一直到她看見紙屑像雪花一樣片片落下，才肯讓我把信放到肥皂盒裡。

但是黛西閉口不再說話。我們讓她嗅了氨水，在她額頭上敷了冰塊，幫她把禮服重新套上。半小時後，當我們走出房門，珍珠項鍊已經掛在她的頸間，這段小插曲也結束了。第二天五點，她若無其事地嫁給了湯姆‧布坎南，然後就出發到南太平洋，開始了三個月的旅程。

他們回來以後，我到聖塔芭芭拉看他們，我再也沒有見過一個女孩那麼迷戀丈夫——只要他離開房間一分鐘，她就會不安地四下張望問說：「湯姆到哪裡去了？」，然後就這麼失魂落魄地直到湯姆進門為止。她常常在沙灘上一坐就是幾個小時，讓湯姆將頭枕在自己的大腿上，然後用手輕揉他的眼皮，帶著無比喜悅的神情看著他。看他們相處的情形真叫人感動——常常會讓你覺得驚奇，而不知不覺面露微笑。那時是八月，我離開聖塔芭芭拉一個禮拜以後，有一天晚上，湯姆在凡圖拉公路撞上一輛運貨馬車，把自己車子的一個前輪也撞掉了。當時和他在一起的女孩也上了報，因為她斷了一隻胳臂——她是聖塔芭芭拉飯店的女服務生。

第二年四月，黛西生下了女兒，他們便到法國待了一年。那年春天，我在坎城見到他們，後來又在杜維爾見面，接著他們就回芝加哥定居了。黛西在芝加哥是個風雲人物，這個你也知道。和他們往來的大都是同一群人，而且個個年輕多金且放蕩。但她卻一直保持著完美的形象。也許是因為她不喝酒吧！和酗酒的人在一起能不

喝酒，確實可以佔很大的便宜。因為你可以保持沉默，甚至可以趁著別人茫茫然時，自己小小地出軌一下，反正誰也看不見，看見的人也不在乎。黛西也許從沒鬧過緋聞——不過她那個聲音倒像是隱含著什麼似的⋯⋯

　　唔，大約一個半月前，她又聽到了蓋茨比的名字，這是多年以來的頭一次。那次是我問你——你還記得嗎？——你認不認識一個住在西卵的蓋茨比。你回家以後，她進了我的房間叫醒我，問我：「是哪個蓋茨比？」我形容了他的模樣——我當時半睡半醒的——她用一種很奇怪的聲音說一定就是她認識的那個人。這時候，我才把蓋茨比和她白色敞篷車裡的軍官聯想在一起⋯⋯」

　　等喬丹・貝克說完這一大段故事，我們離開廣場飯店已經有半個小時，正搭著一輛出租馬車在中央公園裡閒逛。太陽已經落到西城五十幾街那群公寓大廈後面，那裡住的全都是電影明星，而草地上則有成群的小孩聚在一塊，在暖和的黃昏裡揚起有如蟋蟀般的清亮嗓音：

我是阿拉伯酋長

是妳唯一的愛戀

夜裡趁著你熟睡

潛入妳帳幕之間⋯⋯

　　「真是不可思議的巧合。」我說。

「這可一點都不是巧合。」

「為什麼？」

「蓋茨比就是因為黛西住在海灣對面，才買下那棟房子的。」

這麼說來，六月那個晚上，他熱切觀望的也就不純粹是星星了。我覺得他好像從墳墓裡走脫出來——那個由一些毫無意義的光彩所築成的墳墓——瞬時間有了生氣。

「他想問問你……」喬丹接著說。「能不能找一天下午請黛西到你家裡，然後也讓他一起過來，大家見個面。」

這麼簡單的請求使我大吃一驚。他等了五年，買了一棟豪華別墅為偶爾到來的飛蛾營造一點星光——而這一切只為了能夠在某天下午，到一個陌生人的家裡來「見個面」。

「只為了這麼一點小事，有必要把他過去的一切全盤托出嗎？」

「他已經等太久了，所以心裡害怕。他覺得你可能會不高興。你瞧，說穿了他到底還是個無賴。」

我有點擔心。

「他為什麼不讓妳安排他們碰面？」

「蓋茨比希望黛西看看他的房子，」她解釋道，「而你剛好就住在隔壁。」

「喔！」

「我想他原本是抱持著一點希望，也許哪一天他會無意間在宴會上遇見黛西，」喬丹繼續說著：「但她一直沒出現。於是他開始打聽有沒有人認識她，而我就是他第一個找到的人——就是在宴會上他讓管家來請我進去的那一晚，你真該聽聽那天他兜了多大的圈子，才和我談到正題。當然了，當時我立刻建議他們上紐約來個午餐約會，但我想他可能很緊張，因為他一再強調：『我不想節外生枝，只想在隔壁鄰居家裡見她。』」

「當我告訴他你和湯姆交情匪淺，他就想取消全盤計畫。他對湯姆知道的不多，不過卻說好多年來，自己總會看一份芝加哥的報紙，只為了偶爾能在報上瞥見黛西的名字。」

天色已經暗了，我們從一座小橋底下穿過時，我環抱住喬丹黃金般色澤的肩膀，拉近她並邀她一塊吃飯。忽然間，心裡不再有黛西與蓋茨比，只想著眼前這名漂亮、結實、個性怪異的女子，她對任何事情都疑神疑鬼的，此時卻又高高興興地輕偎在我的臂彎裡。頓時有一句話，急切而興奮地在耳中迴響：「這世上只有追求者與被追求者之分，一個忙碌，一個疲憊。」

「其實黛西這一輩子也應該得到點什麼。」喬丹輕聲對我說。

「她想見蓋茨比嗎？」

「不能讓她知道，蓋茨比不想讓她知道。你只能藉著喝下午茶的名義邀請她。」

　　我們經過一排幽暗的樹，來到了五十九街，眼前一棟建築物散發出柔和微光，灑進公園裡。我和蓋茨比不一樣，也和湯姆·布坎南不一樣，沒有哪個女子的面孔會在陰暗的屋簷底下或光耀炫目的招牌燈光間，像幽靈一般飄忽不定地纏著我，於是我將身邊的女孩拉了過來，手臂摟得更緊。見她嘴角露出慵懶、輕蔑的一笑，我不由將她拉得更近，而自己的臉也同時迎了上去。

Five

他和黛西一直隔著遙遠的距離，相較之下，那盞燈似乎離她好近，近得幾乎可以碰觸到她，近得有如月邊的一顆星。而如今，那不過又是碼頭上的一盞綠光罷了，於是他心中的神物又少了一樣。

當天晚上回到西卵時，還有一度以為自己的房子著火了。凌晨兩點，半島上的這一角整個燈火通明，燈光落在矮樹叢中顯得很不真實，又照在路邊的電線上閃成一道道細長光影。轉了個彎後，才發現原來是蓋茨比的房子，從屋頂到地下室的燈全亮著。

起初我以為他又開派對，大夥兒起鬨玩「捉迷藏」或是「擠沙丁魚」的遊戲，把整間屋子都用上了。可是四下卻靜悄悄的，只有樹梢的風吹過電線，晃得燈光忽明忽滅，彷彿整棟別墅對著黑夜不斷地眨眼睛。我搭的計程車呼嘯而去之後，便看見蓋茨比正穿過他的草地向我走來。

「你的房子好像世界博覽會場。」我說。

「是嗎？」他漫不經心地看了房子一眼。「我剛才到幾個房間裡轉了一下。我們上科尼島去吧！老兄，我開車。」

「現在太晚了。」

「那麼到游泳池泡泡水如何？一整個夏天我都還沒下去過。」

「我得睡覺了。」

「好吧！」

他等著我開口，眼神中有一種強忍的急迫。

「我和貝克小姐談過了。」我等了一會才說，「我明天就打電話給黛西，請她過來喝下午茶。」

「喔，這件事不急，」他若無其事地說：「我不想給你添麻煩。」

「你哪天方便？」

「應該看你哪天方便。」他立刻糾正我的話。「我真的不想給你添麻煩。」

「那麼後天怎麼樣？」

他考慮了一下，然後才吞吞吐吐地說：「我想把草剪一剪。」

我們倆同時往草地看去——清清楚楚的一條界線，一邊是我這片雜草叢生的草地，另一邊是他那片草色較深、整整齊齊的廣闊草坪。他指的自然是我這邊的草。

「還有一件小事。」他遲疑著沒有說下去。

「你想往後延幾天嗎？」我問道。

「喔，不是這件事。至少……」蓋茨比接連換了幾個開場白，想找出貼切的字眼。「我想呢……其實啊！老兄，你賺的錢不多對吧？」

「是不太多。」

他似乎放了心，這才比較大膽地說下去。

「我想也是，但願你不介意我……是這樣的，我另外還做點小生意，算是一種副業吧！你應該明白我的意思。我想如果你賺的錢

不多⋯⋯你在做股票買賣對吧？老兄。」

「還在學。」

「那麼你對這個應該有興趣。不會花你太多時間，還可以從中賺取不少利潤。不過這種事是很機密的。」

說到這裡我總算明白了，這段對話假如是在不同的情況下進行的，很可能就是我人生的一個轉捩點。不過，現在他如此大膽而直接的提議，顯然是希望先賣我個人情，我只好立刻打斷他的話了。

「我手上有太多事了。」我說，「真的很感謝，可是我已經沒時間再做其他事情。」

「這事和沃夫辛沒有關係的。」他顯然是以為我是為了當天中午所提到的「蒙路」而退縮，但我很肯定地告訴他是他誤會了。蓋茨比又等了好一陣子，希望我先開口說話，但由於我過於沉溺在自己的思緒當中沒有反應，他也只好不情願地回家去了。

這個晚上讓我覺得輕飄飄的，心情很愉快。進門的時候，彷彿已經走進睡夢之中了。所以我不知道蓋茨比有沒有去科尼島，也不知道他是否又到各房間去轉了幾小時，因為他屋裡的燈光依舊亮得晃眼。第二天上午，我從辦公室打電話給黛西，邀請她來家裡喝下午茶。

「別帶湯姆來。」我提醒她一句。

「什麼？」

「不要帶湯姆過來。」

「誰是『湯姆』啊？」她故作天真地問。

我們約好的那天下著傾盆大雨。十一點的時候，有個人穿著雨衣、拖著一架除草機來敲我的門，說是蓋茨比先生讓他過來替我割草。我這才想起自己忘了吩咐芬蘭女傭下午要再來一趟。於是我便開車到西卵鎮，在溼淋淋的白粉牆巷道間繞來繞去地找她，順便買一些杯子、檸檬和鮮花。

買花其實是多餘了，因為到了兩點，從蓋茨比家送來了大把大把的鮮花，好像把整個暖房都搬過來了似的，還附帶了數不清的花瓶容器。一個小時後，一隻興奮而焦躁的手推開了我家前門，只見蓋茨比穿著白色法蘭絨西裝和銀色襯衫，繫著一條金色領帶，匆忙地走了進來。他臉色蒼白，眼睛底下還有失眠留下的黑眼圈。

「一切都還好吧？」他開口就問。

「如果你問的是草地的話，剪得好像還不錯。」

「什麼草地？」他茫然地問。「噢，院子裡的草地。」蓋茨比從窗口往外看著草地，但是從他的表情看來，我想他什麼也沒看見。

「看起來好極了。」他含含糊糊地說著。「有一份報紙說雨應該到四點鐘就會停了。大概是『紐約日報』說的吧！該有的都有了嗎？——我是說茶點。」

我帶他進到廚房，他盯著芬蘭女傭看，眼神中似乎有些不滿。

我們仔細地檢查從現成食品店買回來的那一打檸檬蛋糕。

「可以嗎？」我問他。

「當然可以，當然可以！很不錯了！」說著又心不在焉地加了一句：「……老兄。」

約莫到了三點半，雨轉小了，變成一襲霧氣。偶爾幾滴雨像露珠一樣稀稀落落地飄下來。蓋茨比失神地翻著克雷寫的《經濟學》，每回廚房裡響起芬蘭女傭的腳步聲時，他總會大吃一驚；有時候則盯著模糊的玻璃窗往外看，彷彿外頭悄悄地發生了一連串驚心動魄的事件。最後他站了起來，用一種不太肯定的語氣對我說他要回家了。

「為什麼？」

「不會有人來喝下午茶的。已經太晚了！」他看著錶，好像要趕去別的地方似地。「我不能等上一整天。」

「別傻了，也才不過三點五十八分。」

他又坐下，臉上可憐兮兮的模樣，好像是我逼他的。就在這時候，似乎有一輛汽車轉進我家外面的車道。我們倆都跳了起來，我跑出院子，心裡也有點慌。

一輛大型的敞篷車從光禿又滴著水的丁香樹下開上了車道。車停了。黛西戴了一頂三角形淡紫色的帽子，帽子底下的臉側著望向車外，對我露出一個燦爛而欣喜的笑容。

「我最親愛的，你就住在這裡啊？」

她愉快的聲浪從雨中傳來，令人感到無比振奮。我循著聲音的起伏側耳傾聽片刻，才聽清楚她在說什麼。一絡溼溼的髮絲貼在她的臉頰，倒像是一撇墨跡，而當我牽著她下車時，才發現她的手上也沾滿了閃亮的雨滴。

「你是不是愛上我了？」她在我耳邊低聲地說。「不然為什麼要我一個人來？」

「這是『雷克蘭古堡』的祕密，叫你的司機開遠點去晃一個小時。」

「費迪，一個小時以後再回來。」然後很嚴肅地低聲說：「他的名字叫費迪。」

「汽油對他的鼻子沒有影響吧？」

「應該沒有，」她一派天真地說。「怎麼了？」

我們走進屋去，但大出我意料之外的是，客廳竟空無一人。

「這可奇怪了。」我不禁大喊。

「奇怪什麼？」

此時，前門響起一陣敲門聲，輕輕地但很鄭重，她轉過頭去看。我走出客廳開門。只見蓋茨比一臉慘白，雙手沉重地插在外衣口袋，站在一灘水中間，眼神悲慘地瞪著我。

他大步地從我身邊走進玄關，雙手還是插在口袋，然後忽然像走鋼絲似地一個轉身，走進客廳便看不見了。這種感覺一點也不好玩。我將門拉緊以阻擋愈來愈大的雨勢，同時也感覺到自己心跳怦怦地響得好大聲。

大約有半分鐘的時間，屋裡悄然無聲。接著，便聽到客廳傳出一種半哽咽半帶著笑聲的低語，然後便是黛西清晰而造作的嗓音：

「見到你我實在太高興了。」

然後又是一陣沉默，持續了好久。我在玄關已無事可做，便進到客廳裡去。

蓋茨比斜倚在壁爐旁邊，手仍然插在口袋裡，他想裝出非常輕鬆甚至無聊的模樣，卻顯得很不自然。他的頭往後拉得好遠，勉強靠在壁爐架上那個故障的鐘面上，一雙狂亂的眼神由高往低處凝視著黛西，而黛西則靠著邊坐在一張硬邦邦的椅子上，雖然驚詫卻仍不失優雅。

「我們以前見過面。」蓋茨比喃喃地說。他的眼光偶爾向我飄來，咧著嘴想笑卻又笑不出來。就在這個時候，時鐘被他的頭壓得一個傾斜差點就掉下來，他立刻轉身，抖著手把鐘穩住並放回原位。他坐了下來，身子挺得僵直，手肘靠在沙發扶手上，手拄著下頦。

「很抱歉，把你的鐘……」他說。

這時，我的臉竟像是被太陽給灼傷般的滾燙。儘管有千萬句應

112

酬話在腦中閃過，卻一句也說不出口。

「只是一座很舊的鐘。」我傻傻地對他們說。

我們的樣子就彷彿鐘已經摔碎在地板上了。

「我們已經好多年沒見了。」黛西說，她的聲音倒是一如往常。

「到十一月就五年了。」

蓋茨比這個機械式的回答，使我們再度沉默了半晌。我不知如何是好，便建議他們到廚房幫我準備茶點。等他們都站起身，我那宛如魔鬼的芬蘭女傭卻端著茶具來了。

接著在喝茶、吃蛋糕的混亂之中，大家漸漸恢復了從容的態度，總算叫人鬆了口氣。蓋茨比躲在一旁，每當黛西和我談話，他便用緊張且不快樂的眼神輪流盯著我們看。然而保持平靜並非我們的目的，因此我一找到機會，便站起來藉口要離開一下。

「你要去哪裡？」蓋茨比立刻慌張地問。

「我馬上就回來。」

「你走之前我得先和你說句話。」

他激動地隨著我走進廚房，關上門，然後小聲地說：「天啊！」神情十分沮喪。

「怎麼回事？」

「這回真是大錯特錯，」他搖著頭。「錯得太離譜了。」

「你只是覺得窘，如此而已，」我又接著說，「黛西也覺得很窘。」

「她會覺得窘？」他不敢置信地重複著我的話。

「和你一樣窘。」

「小聲一點。」

「你未免太孩子氣了吧！」我忍無可忍脫口而出：「還不只如此，你太沒有禮貌了，竟然讓黛西一個人坐在那裡。」

他抬起手阻止我繼續說下去，用一種令人難以忘懷的責備眼光看了我一眼，然後才小心翼翼地推開門走回客廳。

我從後門走出去——半小時前，蓋茨比也是緊張兮兮地從這裡出去繞到前門的——朝著一棵蓊蓊鬱鬱、結滿樹瘤的大樹跑去，那濃密的枝葉剛好可以遮蔽雨水。雨又大了起來，因此我那片凹凸不平的草地，雖然先前已經讓蓋茨比的園丁修剪整齊，如今還是佈滿了小小的水坑和汙漫的泥沼。站在樹下，除了蓋茨比那棟宏偉的巨宅之外，就沒什麼好看的了，於是我便盯著大宅看了半個小時，就像康德凝視教堂的尖塔一樣。這棟房子是一個釀製啤酒的商人在「仿古」熱潮時期，也就是十年前建造的。聽說他曾經開出條件，只要鄰近所有的小住戶願意以茅草葺蓋屋頂，他就答應替他們付五年的稅金。其他屋主的拒絕，也許讓他對這個「創業垂統」的計畫死了心，不久也就離開人世了。他的子女將大宅賣掉，脫手時黑色的花

圈還掛在門上。由此可見，雖然美國人一向樂於——甚至渴望——成為農奴，卻無論如何也不肯當個鄉巴佬。

　　半個小時過後，陽光又出現了，送雜貨的卡車也繞過了蓋茨比的車道，為他的僕人帶來晚餐的材料——我敢肯定他是一口也不會吃的。有個女傭將他別墅樓上的窗戶一扇扇打開，每開一扇窗就露一回臉，還從大大的中央窗台探出身子，裝作不在意地往花園裡吐了一口痰。我也該回去了。剛才雨還繼續下著的時候，聽起來像是他們的細細低語，偶爾隨著情緒的波動而起伏不定。而現在四周再次陷入寂靜，我感覺到屋裡也跟著靜默了。

　　我走了進去，進去之前還先在廚房裡製造各種可能的噪音，只差沒有把爐子給打翻了。不過我想他們什麼也沒聽見，他們倆各自坐在沙發的兩頭望著對方，似乎剛剛有人問了、或是正打算問什麼問題，而窘迫的氣氛已經完全消失。黛西的臉上滿是淚水，我走進來的時候她嚇了一跳，趕緊拿起手帕對著鏡子擦掉淚水。

　　但是蓋茨比的改變卻實在令人困惑。他可以說是容光煥發——雖然言談舉止沒有欣喜之情，但從他身上卻重新散發出一種幸福的光環，籠罩著這間小小的客廳。

　　「你好啊！老兄。」他的口氣好像我們已經多年不見。我甚至有種錯覺，覺得他要來和我握手。

　　「雨停了。」

　　「真的嗎？」當他回過神來聽懂了我的話，又見到陽光照亮了

的屋裡，便露出微笑，像個氣象播報員，也像個專司陰晴的神，欣喜地將這消息告訴黛西：「妳瞧，雨停了呢！」

「我很高興，傑伊。」她那充滿痛苦與悲傷之美的嗓子，說的只是令她意外的喜悅。

「我希望你和黛西到我家裡來。」他說。「我要帶她到處看看。」

「你確定也要我過去嗎？」

「當然了，老兄。」

黛西到樓上去洗臉——我想起自己那些毛巾的寒酸樣，卻已經太遲了——蓋茨比和我則在草坪上等著。

「我的房子看起來還不錯吧？」他問道。「你看它整個正面的採光多好。」

我承認，確實美極了。

「是啊！」他的視線掃過了每一道拱門、每一座方形閣樓。「我只花三年就賺到足夠的錢買這棟房子了。」

「我還以為你的錢是繼承財產得來的。」

「是的，老兄。」他很自然地說：「但是經過那次大恐慌——戰爭所帶來的恐慌——之後，我的錢幾乎都沒了。」

我想他大概不知道自己在說什麼，因為當我問他從事什麼行業

時，他竟回答：「那是我的事。」後來才發現這樣的回答並不得體。

「其實我做了不少生意，」他改口。「起先是藥品生意，後來是石油買賣。不過都收手了。」說完後他稍微留神地看著我。「你的意思是那晚我提議的事，你考慮過了？」

我還沒來得及回答，黛西已經走了出來，她衣服上的兩排銅扣在陽光下閃閃發光。

「就是那邊那棟好大的房子嗎？」她用手指著，高聲叫道。

「妳喜歡嗎？」

「豈止喜歡，可是你怎麼有辦法一個人住在裡頭？」

「不管白天晚上，屋裡都擠滿了有趣的人，他們做的事都很有趣，全是一些名人。」

我們沒有沿著海岸走捷徑，反而往下走到馬路上，再從大大的側門進去。黛西望著那棟宮殿似的華宅映在天空裡的剪影，以迷人的低語讚嘆著這兒美那兒好的……讚嘆著花園裡長壽花濃郁的香味、山楂與李子花的淡淡香氣，還有紫露草金黃色的氣味。走上大理石階時我感覺有點奇怪，因為見不到亮麗的禮服門裡門外地穿梭，且除了樹上的鳥鳴之外也聽不到一點聲音。

進屋之後，我們瀏覽了法國瑪莉皇后式的音樂室，和英國復辟時代風格的幾個客廳，我總覺得每張沙發和桌子背後彷彿都躲著賓客，他們聽從主人的吩咐正屏氣凝神地等著我們通過。當蓋茨比關

上那間「默頓學院式藏書室」的門時，我幾乎可以發誓自己聽到了那個像貓頭鷹的客人在裡面怪笑。

我們上了樓，經過幾間古色古香的房間，房裡掛滿了粉紅和淺紫的絲綢，在鮮花的陪襯下顯得格外亮麗。接著又經過了一些更衣室、撞球房和裝設有浴缸的浴室，途中不小心闖進一個房間，裡頭有一個穿著睡衣、頭髮亂蓬蓬的人躺在地板上做體操，原來是那個「食客」克利史賓格先生，那天早上我還看見他滿臉憧憬地在海灘上晃來晃去。最後到了蓋茨比自己的套房，裡面有一間臥室、一個浴室加上一個亞當風格的書房。我們坐下之後，喝了一杯他從壁櫥裡取出的沙特拉茲酒。

這段時間裡，他的視線一直沒有離開過黛西，我想他是要從她那戀戀不已的目光中，看出屋裡每一樣事物吸引她的程度，然後重新加以評估。有時候，蓋茨比也會恍恍惚惚地環視自己所擁有的一切，就好像她確確實實、出人意外地出現在這裡，反而使得這一切都變得不真實了。還有一回他差點就從樓梯上跌下來。

他的臥室是所有房間中最樸實的。唯一例外的地方，就是梳妝台上擺了一套純金的化妝用具。黛西欣然拿起梳子梳著頭髮，蓋茨比見她如此便也坐下，掩著臉笑了起來。

「這真是太有趣了，老兄。」他快活地說。「我沒辦法……每當我想……」

顯然他在兩種心情變化之後，正漸漸進入第三種狀態。先是窘迫，接著是莫名其妙的歡喜，現在他對於她的出現則充滿了驚訝。

這個念頭蓋茨比已經想了那麼久，自始至終從不間斷地夢想著，甚至可以說是咬緊了牙關等待著。如今一下子鬆懈下來，他竟有如發條上得太緊的時鐘，彈性疲乏後眼看著就要停了。

他很快讓自己鎮定下來，然後打開兩個設計新穎的大衣櫥。裡面掛著他無數的西裝、睡袍和領帶，還有些襯衫像磚塊似地被整齊疊放著，每疊十二件。

「在英國，有專人幫我買衣服。每年春秋兩季，他都會為我挑選一些衣服寄過來。」

他搬出一疊襯衫，然後開始將純亞麻、純絲和高級法蘭絨的襯衫，一件一件地朝我們丟來，襯衫掉落時抖了開來，五顏六色地散落在桌子上。我們一面驚嘆，他一面又搬來了更多襯衫，桌上又柔又細的貴重衣料也疊得更高了——有條紋襯衫、渦旋圖樣襯衫、格子花呢襯衫，有珊瑚色、蘋果綠、淺紫色、淡橘色，還用靛藍的絲線繡上了他名字的縮寫。忽然間響起了個怪聲音，原來是黛西將頭埋進襯衫堆裡頭，並開始嚎啕大哭。

「這些襯衫實在太美了！」她啜泣著說，聲音被厚厚的衣堆蒙住聽不太清楚。「我覺得好難過，因為我從來沒見過這麼……這麼漂亮的襯衫。」

參觀完房子後，我們本來還要去看庭園、游泳池、水上飛機和仲夏的花卉，但是外頭又開始下起雨來，於是我們便在窗前站成一列，遠望海灣水面上的陣陣漣漪。

「假如沒有霧，就可以隔著海灣看到妳家。」蓋茨比說。「你們家的碼頭上總會點著一盞綠光，點上一整晚。」

這時黛西突然挽住他的手臂，但他似乎還專注地想著自己剛剛說的話。也許他忽然想到那盞燈光所代表的重大意義，從此便再也不存在了。他和黛西一直隔著遙遠的距離，相較之下，那盞燈似乎離得她好近，近得幾乎可以碰觸到她，近得有如月邊的一顆星。而如今，那不過又是碼頭上的一盞綠光罷了，於是他心中的神物又少了一樣。

我開始在房裡走來走去，在半暗光線裡，仔細地看著一些不太清楚的東西。掛在他書桌上方牆上的巨幅照片，吸引了我的注意。照片中是一個穿著遊艇裝、上了年紀的男人。

「這人是誰？」

「那個啊？那是丹‧寇迪先生，老兄。」

這個名字聽起來有點耳熟。

「他已經過世了。幾年前他可是我最要好的朋友。」

書桌上也有蓋茨比的一張小照片，他也穿著遊艇裝，頭昂揚地抬起，一副心高氣傲，當時顯然只有十八歲左右。

「這個我太喜歡了！」黛西嚷著，「你看你把頭髮全往後梳了！你從來沒和我說過你會把頭髮全往後梳，也沒說過有遊艇。」

　　「妳看這個。」蓋茨比馬上說，「這裡有很多剪報，都是與妳有關的。」

　　他們並肩站在一起專心地看著剪報。我正想請他讓我看看紅寶石，電話就響了。蓋茨比拿起了聽筒。

　　「喂……呃，我現在不方便說話……我現在不方便說話，老兄……我說一個小鎮……他應該知道什麼叫小鎮吧……如果他覺得底特律是小鎮，那和他就沒什麼好談的了……」

　　他將電話掛上。

　　「快過來看！」黛西在窗口喊道。

　　雨還在下，但是西方天空的陰霾已經散開，海面上出現了粉紅帶金的滾滾雲浪。

　　「你看。」她小聲地說，過了一會才又說：「我真想摘一朵那種粉紅色的雲，把你放進雲裡，到處推著跑。」

　　當時我想告辭，但他們一定不會聽我的。也許我在場，能讓他們更安心地獨處。

　　「我知道我們可以做什麼了。」蓋茨比說。「我們讓克利史賓格來彈鋼琴。」

　　他走出房間叫著：「尤恩！」幾分鐘後，一個神情窘迫、稍顯疲憊的年輕人與他一起回來。那個年輕人戴了一副玳瑁框的眼鏡，

頭上金髮稀疏，穿著開領的運動襯衫、膠底運動鞋和一條色調渾暗的帆布褲，穿著整齊了些。

「我們沒有打擾你運動吧？」黛西禮貌地問。

「我睡著了。」克利史賓格先生脫口就說，卻忽然覺得不好意思。「我是說，我睡了一下，後來就醒了……」

「克利史賓格會彈鋼琴，」蓋茨比打斷他的話說。「對不對，尤恩老兄？」

「我彈得不好，幾乎……都不彈了，根本都已經荒……」

「我們下樓去。」蓋茨比插嘴道。他撥了一下開關，整個房子頓時燈火通明，灰灰的窗戶也消失不見了。

到了音樂室，蓋茨比把鋼琴旁獨立的站燈打開。他擦了根火柴，用微微顫抖的手替黛西把菸點燃，然後和她一塊坐在房裡另一個角落的沙發上。那裡黑黑暗暗的，只有地板上映著從玄關射進來的些許亮光。

克利史賓格彈完一首「愛之巢」之後，從琴凳上轉過身來，以悶悶不樂的眼神在幽暗中搜索著蓋茨比的臉。

「你瞧吧！真的全都已經荒廢了，我早就說自己不能彈，已經都荒……」

「別說那麼多了，老兄，」蓋茨比口氣嚴峻地說。「彈吧！」

　　晨曦中，暮色裡，多麼快活……

　外頭風呼呼地吹著，海灣沿岸也響著一聲聲的悶雷。西卵鎮的燈已經全亮了，電車載著乘客從紐約衝過雨幕返回家來。

　這是人事澈底改變的時刻，空氣中洋溢著興奮的氣氛。

　　千真萬確，無須懷疑，

　　富者愈富，貧者愈——多子多孫。

　　　在此時，

　　　在此刻……

　當我走上前去道別時，我發現蓋茨比的臉上再度浮現了驚慌失措的表情，好像他忽然對自己眼前的幸福產生了些許的懷疑。就快五年了！即使在那天下午，他一定偶爾也會覺得現實的黛西比不上自己的夢想——這不是黛西的錯，而是因為他的幻想太過於栩栩如生了，這幻想超越了她，超越了一切。他用一種假想的熱情讓自己投身其中，然後不斷地加入新的想像，還會用迎面飄來的每一根彩羽為它妝點。無論什麼樣生動或鮮明的實體，都比不上一顆幽靈般的心所長久堆積的幻影。

　我一直注視著蓋茨比，看得出來他稍微自我調整了一下。他握住黛西的手，黛西在他耳邊輕聲說了些什麼，他情緒一陣激動，立刻轉頭看她。我想，最使他著迷的應該就是黛西那帶著起伏波動的熱情嗓音了吧，因為那是無論如何也幻想不來的——那聲音就如同

一首永恆的歌。

　　他們已然忘記我的存在。不過黛西抬頭瞥見了我，向我伸出手來。而蓋茨比已經完全認不得我了。我又看了他們一眼，他們也回望著我，感覺好遙遠，彷彿兩人都已經被劇烈的生命活力給佔據了。於是我往外走去，步下石階穿入雨中，留下他們兩人獨處。

Six

因為在它看似傳統委婉的外表之下，有一股野蠻的精力隱隱躁動。而此地的居民也不知道從哪冒出來的，一下子就聚居在一起。命運這種乖張強悍的力量，也讓她害怕。

大約在這段期間的某一天上午，紐約一名野心勃勃的年輕記者來到了蓋茨比家門前，問他有沒有什麼話要說。

「關於哪方面呢？」蓋茨比客氣地反問。

「呃……任何公開的聲明都行。」

經過五分鐘莫名其妙的對話後才弄清楚，原來這個人在辦公室裡透過關係，聽到了蓋茨比的名號。至於透過何種關係，他堅持不肯透露，或許他並不十分清楚。這天他休假，便憑著一股令人欽佩的敬業精神，趕來「一探究竟」。

這名記者只是胡亂碰碰運氣，然而他的直覺卻是對的。在蓋茨比所招待的數百名賓客大力宣傳之下，這些人不但成了蓋茨比過去經歷的見證人，也使得他的名號在整個夏天不斷甚囂塵上，就只差沒有上報了。許多現代傳奇事件——諸如「利用與加拿大之間的地下管線運送私酒」等等——據說都與他有關。還有一個流傳已久的說法，說他根本不住在陸地上的房屋，而是住在一艘像房子一樣的船上，並常偷偷地沿著長島海岸上下遊走。至於這些謠言究竟為什麼能為北達科塔州的詹姆斯·蓋茲帶來滿足與喜悅，原因很難說。

詹姆斯·蓋茲——這是他真實的，至少是法律上承認的姓名——蓋茨比是在十七歲時改名的，那也是他事業正起步之際。因為他看見了丹·寇迪的遊艇在蘇必略湖最兇險的水域下了碇。那天下午，他穿著一件破舊的綠色汗衫、一條粗帆布褲在海灘上閒晃，名字還是詹姆斯·蓋茲。可是當他借了一艘小船，划向「多羅米號」去警告寇迪，說再過半個小時，他的船可能會被強風吹得支離破碎

的時候，便已經改名為傑伊‧蓋茨比了。

　　我想即使在那個時候，這應該也是他構想很久的名字。蓋茨比的父母是既無能力也無成就的農人——在他的心裡，從來沒有真正把他們當成是自己的父母親。事實上，長島西卵鎮上的傑伊‧蓋茨比，是經過他自己柏拉圖式的構思而蹦出來的。他是上帝之子——總之這句話顧名思義，意思很明白——因此他必須繼承他天父的志業，努力創造一種廣闊、世俗與浮華之美。於是，他以一個十七歲青少年的想像力創造出了傑伊‧蓋茨比，並且一直到人生終點，都沒有背離過這個身分。

　　先前他在蘇必略湖的南岸晃蕩，偶爾挖挖蛤蜊、釣釣鮭魚，或是打點零工換取溫飽。在那段清爽的日子裡，身體被曬黑了，也逐漸變得結實，很輕鬆便能勝任那些半艱辛、半懶散的工作。他很早就識得女色，由於受到女人的寵溺，他開始瞧不起她們、瞧不起純真的少女——因為她們無知，也瞧不起其他女人——因為那唯我獨尊的性格，很多事情他都視為理所當然，女人卻老是大驚小怪。

　　但他的內心其實經常紛亂不已。夜裡躺在床上，他總會突發奇想、異想天開。當臉盆架上的時鐘滴答響著、當胡亂丟棄在地板上的衣服沉浸在暈潤的月光中，一個言語無法形容的綺麗世界便會旋出他的腦海。每一夜他都會加入更多的幻想，直到睡意籠罩住某個鮮明的畫面，才能忘卻這一切入睡。有好一段時間，這些幻想提供了他發洩想像力的管道。他從其中感受到的不真實，並因而獲得滿足。他也安心地知道未來世界的基石，仍安穩地根植在仙女的羽翼之上。

　　幾個月之前,他本著一種尋求飛黃騰達的直覺,來到了明尼蘇達州南部、路德教會辦的聖歐雷夫小學院。他在那裡待了兩個星期,眼看大家對於預示他輝煌前程的鼓聲不聞不問,對於他的命運也狠心不理,蓋茨比不禁徬徨失措,而為了付學費他還得去做自己所蔑視的工友的工作。後來,漂泊了一陣子又回到蘇必略湖,那天他還想找點什麼事做,卻剛好發現丹‧寇迪的遊艇在沿岸的淺灣停泊。

　　當時的寇迪年紀約五十歲,他發跡的地點包括了內華達州銀礦田,和阿拉斯加的育空河畔,自從一八七五年以來的每一場淘金熱都沒有錯過。蒙大拿州的銅礦生意雖然讓寇迪賺了好幾百萬,但也暴露出了他儘管體魄健壯,卻有點頭腦簡單,於是很多女人在察覺到這一點之後,便想盡辦法要從他身上坑錢。有一個名叫艾拉‧凱的女記者,學著路易十四第二任妻子曼特儂夫人的手段迷住他,並慫恿他搭遊艇出海旅行,之後又鬧出一些風風雨雨。這些消息在一九〇二年專門報導八卦新聞的報紙上都看得到。五年之間,他四處遊歷也倍受歡迎。那天他剛好出現在「女童灣」,因而成了詹姆斯‧蓋茲的貴人。

　　小蓋茲倚著木槳,仰頭看著圍起欄杆的甲板,這艘遊艇簡直就是美與魅力的化身。我想他大概對寇迪微微一笑──他可能早就發覺大家都喜歡他的微笑。總之,寇迪問了幾個問題──在回答其中一個問題時,便出現了他那嶄新的名字──就發現小蓋茲很機靈,野心也很大。幾天後,寇迪帶他到德盧斯去,為他買了一件藍色水手裝、六條白色帆布褲和一頂水手帽。當「多羅米號」出發到西印度群島與北非的巴巴利海岸區時,蓋茨比也離開了。

「這附近的路很不錯。」

「我想汽車應該……」

「是啊！」

蓋茨比忍不住轉向湯姆，因為剛才他朋友引見時，當作他們是第一次見面，而湯姆也沒有提出異議。

「布坎南先生，我想我們見過。」

「是啊！」湯姆說，態度粗魯中帶著禮貌，但他顯然已經不記得了。「我們是見過，我記得很清楚。」

「大約是兩個禮拜前。」

「沒錯。你和尼克在一起。」

「我認識你的夫人。」蓋茨比又說，帶了點挑釁的意味。

「是嗎？」

湯姆轉過來看我。

「尼克，你住這附近嗎？」

「就在隔壁。」

「是嗎？」

斯隆先生沒有加入談話，只是大刺刺地斜靠在椅背上。那個女子也沒有說什麼，直到喝了兩杯威士忌之後，才出其不意地客套起來。

「蓋茨比先生，你下一次舉行宴會，我們都來，」她問道，「你說好嗎？」

「當然了，你們能來是我的榮幸。」

「好極了，」斯隆先生說，口氣中並無感謝之意。「唔……我想該回去了吧！」

「不必急著走呀！」蓋茨比挽留著。此時他已經控制住自己的情緒，而且想多了解一下湯姆。「你們就……就留下來吃個飯如何？待會應該還會有人從紐約來找我。」

「我看還是我請你們吃飯吧！」女士熱情地說，「你們兩位都來。」

這包括了我在內。斯隆先生站了起來。

「走吧！」他說。但只對著她一人說。

「我說真的。」她堅持著，「我真的希望你們來，地方很大的。」

蓋茨比向我投來詢問的眼光。他想去，而斯隆先生似乎也並未堅持不讓他去。

「我恐怕是不能去了。」我說。

「那麼，你來。」她又邀了蓋茨比一次。

斯隆先生湊到她耳邊低聲說了幾句。

「現在馬上走就不會太晚了。」她堅持己見，大聲地說。

「我沒有馬。」蓋茨比說，「在軍隊裡經常騎馬，可是我一匹馬也沒有買過，只好開車跟在你們後面了。抱歉，我馬上就來。」

我們其餘的人走到外面的陽台上，斯隆和那位女士站到一旁開始大聲爭辯起來。

「天啊！我想那個人真的要來。」湯姆說，「他不知道她不想他來嗎？」

「她說她真的希望他去。」

「她那是大型宴會，他一個人都不認識。」湯姆皺皺眉頭說：「真不知道黛西怎麼遇見他的。也許我的想法有點古板，不過說真的，現在的女人實在太會亂跑了，什麼阿貓阿狗都認識。」

斯隆先生和那位女士忽然走下階梯，騎上了馬。

「走吧！」斯隆先生對湯姆說。「我們已經有點晚了得走了。」然後對我說：「麻煩你告訴他我們不能等他了。」

湯姆和我握握手，而另兩人只是微微點個頭，之後便沿著車道策馬疾走。就在他們的身影隱沒在八月濃密的綠葉之間，蓋茨比恰巧戴上帽子，拿了一件薄外套走出大門。

湯姆對黛西一個人到處亂跑，顯然感到很不安。因為接下來的那個週末晚上，他就陪著她一起出席蓋茨比的派對。或許是因為他的出現，使得當天晚上有一種特殊的壓迫感。整個夏天那麼多的派對裡頭，我對這天的印象最為清晰。派對裡有同樣那些人——至少也是同一類的人，有同樣那麼多的香檳，有同樣五彩繽紛、情緒激動的熱鬧氣氛，但我總覺得空氣裡瀰漫著一種不愉快，彷彿某種前所未有的不舒服感，正在逐漸擴散。也或許我只是已經習慣了，習慣將西卵視為一個完整的世界，有自己的標準和自己的大人物，並自認為獨一無二，而現在卻是透過黛西的雙眼重新看它。假如你費盡力氣才調整對某些事物的觀點，如今又得再透過另一雙眼睛來看，總難免感到悲哀。

他們倆在黃昏時分抵達。當我們穿梭在數以百計、閃亮耀眼的人群中，黛西的喉嚨裡不斷發出喃喃的聲音。

「這樣的場合實在太讓我興奮了。」她小聲地說，「尼克，今天晚上你要是想親我，就說一聲，我會很樂意為你安排的。只要說出我的名字就行了，或者出示一張綠色卡片。我現在到處在發綠色……」

「到處看看吧！」蓋茨比建議道。

「我是到處在看啊！我實在玩得太高……」

「你們一定會看到很多大名鼎鼎的人物。」

湯姆用傲慢的眼光掃視著人群。

「我們不常交際，」他說，「老實說，我才想著這裡一個人都不認得。」

「那位小姐你應該認識。」蓋茨比指著一位端坐在白李樹下、氣質脫俗迷人的女子。湯姆和黛西盯著她，當他們認出她是某位遙不可及的電影明星時，兩人都感到奇特且不真實。

「她真美。」黛西說。

「彎著腰在和她說話的那個人，是她的導演。」

他帶著他們在一小群一小群人當中穿梭，並鄭重地介紹。

「這位是布坎南夫人……布坎南先生……」稍微頓了一下，才又加上一句：「他是馬球好手。」

「哪裡！」湯姆趕緊澄清。「稱不上。」

不過蓋茨比似乎很喜歡這個稱呼，於是湯姆就這麼當了一整晚的「馬球好手」。

「我從來沒見過這麼多的名人。」黛西驚呼著。「我挺喜歡那個人的……他叫什麼名字？……鼻子有點青青的那個。」

蓋茨比說出他的名字，還說他只是個小製片。

「反正我喜歡他就是了。」

「其實我倒寧願不當馬球好手。」湯姆高興地說，「寧可在一

旁看著這些名人，當個被遺忘的人。」

黛西和蓋茨比跳起舞來。記得當我看見他跳狐步舞時那中規中矩的優雅舞姿，心裡很是訝異——我從未看過他跳舞。接著，他們悠閒地走到我家那邊去，在階梯上坐了半個小時。而我則應她的要求，留在花園裡替他們看著，「以免臨時發生火災、水災，或是其他的天災。」她解釋道。

當我們正打算坐下來一塊用餐時，湯姆從他被遺忘的角落裡冒了出來。「我想和那邊的幾個人一起吃飯，你們不介意吧？」他說，「有個傢伙在說笑話。」

「去吧！」黛西和顏悅色地回答。「還有，如果你想和誰交換地址，我的金色小鉛筆在這裡。」過一會，她四周張望了一下，便告訴我關於那個女孩：「很庸俗，不過還算漂亮。」我知道，她除了和蓋茨比獨處的那半個小時之外，她玩得並不快樂。

和我們同桌的人醉得特別厲害。這都該怪我——蓋茨比去接電話，由於兩個禮拜前與這班人認識時相談甚歡，我便決定加入他們。不料當時覺得新鮮有趣的話題，如今卻已有腐臭的氣息。

「貝迪克小姐，妳還好吧？」

這位貝迪克小姐企圖倒在我肩膀上，但一直沒成功。一聽我這麼問，她才坐直身子，睜開眼睛。

「啊？」

　　有個身材肥碩、昏昏沉沉的女人,剛才不斷慫恿黛西明天和她一起到俱樂部打高爾夫球,現在則挺身為貝迪克小姐說話。

　　「噢,她現在沒事了。她每次只要喝下五、六杯雞尾酒,就會像這樣不停地尖叫。我早對她說別喝那麼多了。」

　　「我沒喝了!」貝迪克小姐受指責之後,用空洞的聲音說。

　　「我們聽到妳尖叫,所以我才和這位席維特醫師說:『醫生,有人需要你幫忙。』」

　　「我相信她一定感激得不得了。」另一位朋友言不由衷地說,「可是妳把她的頭按進游泳池裡,她全身都溼透了。」

　　「我最恨人家把我的頭按進游泳池裡了。」貝迪克小姐咕噥著,「有一次在紐澤西,就差點把我給淹死了。」

　　「那妳就不該再喝了。」席維特醫師回。

　　「算了吧!」貝迪克小姐粗聲粗氣地大喊。「你的手會發抖。我是不會讓你替我開刀的!」

　　情形就是如此。我所記得的最後一件事,應該就是和黛西站在一起,看著那個電影導演和他的大明星。他們還是待在白李樹下,臉貼著臉,中間只隔著一片薄薄的、淡淡的月光。我忽然覺得這一整晚,他好像一直用很慢很慢的動作彎下身去,最後才終於靠得她這麼近。就連我望著他時,也似乎看見他又彎低了一點,然後在她的臉頰上親了一下。

「我喜歡她。」黛西說,「我覺得她好美。」

但其他的一切都令她感到厭惡,並且無法跟她講理。這無關態度,只是一種感覺,西卵——這個由百老匯勢力,在長島某漁村所衍生出來、聞所未聞的「市鎮」,讓她心驚膽跳,因為在它看似傳統委婉的外表之下,有一股野蠻的精力隱隱躁動。而此地的居民也不知道從哪冒出來的,一下子就聚居在一起。命運這種乖張強悍的力量,也讓她害怕。由於這裡的一切過於簡單,她無法了解,所以便感到恐懼。

我陪他們坐在門前的石階,等候車子到來。前面很暗,只有明亮的門邊灑著十呎見方的燈光,光線從門內射向柔和黑暗的凌晨。偶爾樓上更衣室的百葉窗旁會有身影晃動,接著又是另一個身影,在那方看不見的玻璃窗裡頭抹粉、搽胭脂的人影,有如跑馬燈般一個晃過一個。

「這個蓋茨比到底是哪號人物?」湯姆忽然問道,「賣私酒的大奸商嗎?」

「這話你從哪裡聽來的?」我問他。

「不是聽來的,是我自己猜的。這些暴發戶很多都是做私酒買賣的,你也知道。」

「蓋茨比不是。」我說得很不客氣。

他沉默了半晌。車道上的碎石子被他踩得吱嘎作響。

「我看，他一定費了很大的力氣，才能將這些三教九流的人物湊到一塊。」

這時颳起了一陣風，吹得黛西皮草衣領上的灰色細毛微微顫動。

「至少這些人比我們認識的人有趣多了。」她故意這麼說。

「妳看起來好像不是玩得很盡興。」

「不會啊！我玩得很高興。」

湯姆笑著轉向我。

「那個女孩叫黛西幫她沖冷水澡時，你有沒有注意到黛西的臉色？」

黛西開始用沙啞的聲音，和著音樂的節奏低聲輕唱。為每一字每一句，注入一種空前絕後的意境。當旋律升高，那如同女低音一般的嗓子，便隨著曲調做悅耳的轉音。而每一次變化，也都向四周的夜色，傾注了一些溫暖的魔力。

「很多人都是不請自來的。」她忽然開口，「像那個女孩也是。他們就是硬要進去，他那麼客氣的人自然不會拒絕。」

「我很想知道他到底是誰，到底是做什麼的。」湯姆還是不死心，「我想我一定查得出來。」

「我現在就可以告訴你。」她回答：「蓋茨比開了幾家藥房，很多家藥房。這些事業都是他自己赤手空拳打拚出來的。」

他們的車拖拖拉拉地，最後總算緩緩開上了車道。

「晚安，尼克。」黛西說。

她匆匆看了我一眼，眼光便移往石階頂端的亮光處。此時，〈凌晨三點鐘〉——那年流行的一首華爾滋小曲，簡簡單單卻帶點哀傷的樂聲，從敞開的門縫流瀉出來。在蓋茨比這些喧譁隨便的派對上，還是可能出現這種在她的世界裡絕不會有的浪漫氣氛。在那首歌曲中，似乎隱藏了某種力量，呼喚著黛西回到屋裡。那是什麼力量呢？在這不可預測的昏暗時刻裡，又會發生什麼事呢？也許會出現某個令人意想不到的客人，一個非常難得又讓人驚訝的稀客，或是一位光芒四射的年輕女子，只要她對蓋茨比輕拋媚眼，來段奇蹟似的相遇，就可能使那五年來忠貞不二的愛情化為烏有。

那天夜裡我待得很晚。蓋茨比要我等他招呼完客人，於是我在花園裡逗留，直到下水游泳的客人冷得渾身打顫、高高興興地從漆黑的海灘跑上來，直到上頭客房的燈都熄了，他才終於走下階梯來，臉上那被太陽曬黑的皮膚繃得特別緊，疲憊的眼睛裡閃著光芒。

「她不喜歡這個派對。」他脫口便說。

「她當然喜歡了。」

「她不喜歡。」他堅持著說，「她玩得不開心。」

蓋茨比沉默不語，我想他有說不出的失望。

「我覺得離她好遠。」他說，「要讓她理解好難。」

「你是說關於舞會嗎？」

「舞會？」他一彈指便將自己所有開過的舞會都撇開、忽略了。「老兄，舞會並不重要啊！」

他只希望黛西能親口對湯姆說：「我從來沒有愛過你。」當她將過去四年抹煞之後，他們就能採取比較實際的行動了。其中一個計畫是：一旦她獲得自由，他們就馬上回路易維爾。蓋茨比要從她家把她娶過來——就和五年前一模一樣。

「但是她不懂。」他說，「她從前都懂的。我們總是在一起，一坐就是幾個小時。」

他忽然打住不再說下去，然後開始在一條荒涼的小徑上踱來踱去，腳底下全是果皮、被丟棄的禮物和被踩爛了的花。

「我要是你，就不會對她太苛求。」我鼓起勇氣說：「過去是不可能再挽回的。」

「過去不可能再挽回？」他不肯相信，大嚷著，「當然可能！」

他發狂似地環顧四周，彷彿過去就潛藏在附近、在他別墅的陰影中，觸手可及。

「我要讓一切事情全部回復到過去。」他堅定地點著頭說：「等著看吧！」

蓋茨比說了好多往事。我猜他是想找回當日愛上黛西時所失去

的某種東西，也許是他對自己的某些看法。自從愛上了她，他的生活就變得一團糟。但若是他能夠回到起點，慢慢地重新來過，他就能發現自己想找的是什麼了……

……五年前的一個秋夜，他們沿著街道往下走，兩旁的樹葉紛紛落下，最後來到一個地方，沒有樹木，只有皎潔的月光照在人行道上。他們在這裡停下腳步，轉身看著對方。那天的夜涼涼的，夜幕由於時序的轉換而瀰漫著令人興奮的神祕感。屋宅內黯淡的燈光嘍嘍地響入黑夜當中，星斗間有一種喧囂與躁動。蓋茨比從眼角餘光瞟見，一條條的人行道果真搭成一張梯子，直通樹梢更高處的一個祕密所在。如果他是一個人，便可以爬上那高處，也就可以吸吮生命的瓊漿，大口吞下那無可比擬的神奇玉液了。

當黛西白皙的臉蛋湊到他臉旁，他不禁心跳加快。他知道只要吻了這個女孩，讓自己不可言喻的夢想和她短暫的氣息永遠結合，他的心便再也無法像上帝的心一樣輕盈自在。因此，他又等了好一會，傾聽著是哪一副音叉敲響了星斗，為他的生命旋律定音。然後他吻了她。在他嘴脣輕觸之下，她化成一朵鮮花為他綻放，而他的人生也從此澈底改變了。

從以上這番話，即使驚訝於蓋茨比的多愁善感，卻似乎也讓我想起了什麼——也許是很久以前在某處聽到的一段難以捉摸的節奏，一些片片段段、不復記憶的歌詞。有一度某句話幾乎到了嘴邊，但張開嘴卻像個啞巴，除了一陣驚嘆的氣息之外，嘴脣努力地蠕動想要說話，卻發不出聲音來。於是我幾乎就要想起來的話，也就說不出口了。

Seven

就在大家對蓋茨比的好奇心達到最高點的
時候，某個禮拜六的晚上，他別墅的燈突然不
再亮起——他那大宴賓客的炫耀習性來得莫名其
妙，如今也不明所以地結束了。

就在大家對蓋茨比的好奇心達到最高點的時候，某個禮拜六的晚上，他別墅的燈突然不再亮起——他那大宴賓客的炫耀習性來得莫名其妙，如今也不明所以地結束了。那些滿懷希望轉進他家車道的車輛，都只停留幾分鐘，然後便悻悻然地開走。我想會不會是他病了，便過去看看。來開門的管家我沒見過，只見他一副兇相，滿臉狐疑地從門內覷著我。

「蓋茨比先生是不是病了？」

「沒有。」頓了一下，才又懶懶地、不情願地加上一句：「先生。」

「我有一陣子沒看到他了，有點擔心。就說卡拉威先生來找過他。」

「叫什麼？」他很粗魯地問。

「卡拉威。」

「卡拉威。知道了，我會告訴他的。」

才說完就砰的一聲把門給關上了。

我的芬蘭女傭告訴我，蓋茨比早在一個禮拜以前，就辭退了家裡所有的僕人，又請來六個新人。這些人從來不會為了收受店家的好處而上西卵鎮去，只以電話訂購一點日常的必需用品。據雜貨店送貨生的描述，他的廚房髒得簡直像豬圈，而鎮上的人也都覺得那些人根本不是傭人。

第二天，蓋茨比打了電話給我。

「你打算出遠門嗎？」我問他。

「沒有啊！老兄。」

「我聽說你把僕人都給辭了。」

「我想找些不會嚼舌根的人。現在黛西常常過來……下午的時候。」

於是，只因她的不認同，他原本賓客如潮、高朋滿座的風光場面，轉眼間就像紙牌屋一樣全垮了。

「沃夫辛想替這些人介紹點事情做。他們全都是兄弟姊妹，本來經營一家小旅館。」

「喔。」

電話是黛西要他打的，問我明天能不能到她家吃午飯，而且貝克小姐也會去。半小時後，黛西自己又打來，聽說我要去，她似乎舒了一口氣。一定發生什麼事了。然而我還是不敢相信他們會挑這樣的場合作為舞台──尤其上演的又是蓋茨比在花園裡所勾勒的那幅相當尷尬的畫面。

第二天酷熱難當，幾乎是夏天的最後一天，但絕對是整個夏天最熱的一天。當我搭的列車鑽出隧道進入陽光底下，只有「國家餅乾公司」尖銳的汽笛聲，劃破中午時刻蠢蠢欲動的寧靜。車廂座位

的草墊幾乎都要著火了,坐在我鄰座的婦人微微滲著汗珠,過一會便把白襯衫都浸溼了。後來因為報紙也被手指捏得溼溼的,還不禁熱得大嘆了一聲,對於這片溽暑的熱氣深感無力。她的手提包忽然啪一聲掉在地板上。

「天啊!」她喘著氣說。

我懶懶地彎下身,撿起皮包遞還給她,我把手臂伸直,還用指尖捏著皮包的一角,表示我並無其他意圖——可是附近的每一個人,包括那名婦人在內,卻仍對我有所猜疑。

「熱呀!」列車長衝著幾張熟面孔說:「什麼天氣嘛!熱呀!熱呀!真熱呀!你說熱不熱?熱不熱?熱不熱……」

我從他手中拿回自己的月票,上面多了一點汗漬。在這樣的熱天裡,還有誰會去在乎自己親的是誰的紅唇,又是誰的頭枕在自己胸口,將睡衣口袋給浸溼了!

蓋茨比和我在布坎南家門口等候時,一陣微風吹過玄關,風裡夾帶著電話鈴聲。

「要主人的屍體?」管家對著話筒大吼,「對不起,夫人,但我們沒辦法交出來。今天中午實在太熱了,碰不得!」

不過他實際上是這麼說的:「好的……好的……我去看看。」

他放下聽筒朝我們走來,臉上泛著點油光,順手接過我們硬挺的草帽。

「太太在客廳等你們!」他一面喊,一面多此一舉地指了指客廳的方向。在這樣的熱氣裡,任何多餘的舉動,都是對芸芸眾生的一種侮辱。

客廳裡有遮陽篷遮著,十分陰涼。黛西和喬丹躺在一張大沙發上,活像兩尊銀色人偶重重地壓住自己的白色衣裙,不讓嗡嗡響的風扇給吹得胡亂飄動。

「我們動不了了。」她們異口同聲地說。

喬丹和我握了一會的手,原本古銅色的手指都上了粉,變得白白的。

「運動家湯姆·布坎南先生呢?」我問道。

才問完就聽見那粗嘎、模糊且沙啞的聲音,在玄關講電話。

蓋茨比站在棗紅色地毯的正中央,興味十足地四下環顧。黛西看著他不由得笑了,笑聲甜美動人。突然間一陣細細的粉末,從她的胸口飄進了空氣中。

「聽說,」喬丹低聲說,「電話是湯姆那個情婦打來的。」

我們一語不發。玄關裡的嗓門拉高了,氣惱地說:「那好,我車子就不賣你了……我可不欠你什麼……你竟然為了這件事在午飯時間來煩我,我可受不了!」

「電話已經掛上了。」黛西諷刺地說。

「不，沒有。」我向她保證，「這樁買賣是真的。我正巧知道。」

湯姆猛地開門，匆匆忙忙走進客廳。進門時，龐大的身軀將整個門都堵住了。

「蓋茨比先生！」他伸出寬寬大大的手掌和他握手，並未表露出內心的嫌惡。「很高興見到你……尼克……」

「替我們倒點涼的吧！」黛西喊著。

他又走出客廳，黛西便站起來走向蓋茨比，她勾下他的頭，在他嘴上親了一下。

「我愛你，你知道的。」她小聲地說。

「拜託，別忘了還有一位女士在場。」喬丹說。

黛西面帶懷疑地轉過頭來。

「妳也吻尼克呀！」

「這女人真低級、真庸俗！」

「我才不在乎！」黛西大聲地說，然後在磚砌的壁爐前，啪答啪答跳了幾個舞步。後來她想起天氣的炎熱，才心虛地坐回沙發上。就在這時，一名穿著潔淨的奶媽，牽著一個小女孩走了進來。

「可愛的……小寶貝，」她張開雙臂，溫柔地說。「過來，讓媽媽好好疼疼妳。」

奶媽鬆開手之後，小孩便衝過客廳，害羞地躲進母親懷裡。

「可愛的小寶貝！媽媽的粉有沒有掉在妳這黃毛丫頭的頭上啊？來吧！站起來說：『你……好』。」

蓋茨比和我先後彎下身子，拉拉那隻有些畏縮的小手。之後，他還是不停以訝異的眼光看著小女孩。我想他也許從來就不相信有這個小女孩的存在。

「吃午飯以前我就穿好漂亮的衣服了。」小女孩興奮地轉身對黛西說。

「那是因為妳媽媽想要炫耀炫耀妳。」她把臉埋到女兒白皙的小頸子後面。「妳呀！妳這個小美人，美得像夢裡的仙子一樣。」

「是啊！」小女孩臉不紅氣不喘地附和。「喬丹阿姨也穿白衣裳。」

「妳喜不喜歡媽媽的這些朋友？」黛西將她轉過來面對著蓋茨比，又問：「妳覺得他們好不好看？」

「爸爸呢？」

「她長得不像她爸爸，」黛西解釋著說，「她長得像我。她的頭髮和臉型都像我。」

黛西又坐回沙發上靠著。奶媽往前走了一步，伸出手牽小女孩。

「來吧！潘美。」

「再見了，小乖乖！」

規矩的小女孩依依不捨地向後瞥了一眼，才讓奶媽牽著她的手出門去，湯姆也剛好在這時候端著四杯杜松子利克酒回來了，杯子裡滿滿的冰塊搖得叮噹作響。

蓋茨比拿起了一杯。

「看起來的確很涼。」他顯得很緊張。

我們都大口大口地囫圇吞飲。

「我看過一篇報導，說太陽的溫度一年比一年高。」湯姆親切地說：「地球可能很快就會掉落到太陽裡頭……欸，等等……應該剛好相反……太陽的溫度一年比一年還低。」

「到外頭來吧！」他對蓋茨比說。「我帶你看看這個地方。」

我和他們一塊走到外面陽台。海灣碧綠的水面凝滯在熱氣當中，一面小風帆緩緩地滑向較清涼的海域，蓋茨比的視線一直跟隨著它。他舉起手指著海灣對岸。

「我就住在你們的正對面。」

「是啊！」

我們的眼光飄過玫瑰花床、熱烘烘的草地，和這三伏天裡雜草叢生的海灘。白色的船身在清涼的藍色天際前緩緩行進，前方有一片波光粼粼的海洋，和許許多多宜人的小島。

　　「就該做做這種運動。」湯姆點著頭說：「我真想跟著那艘船出海去玩個一小時。」

　　我們在飯廳吃午飯，飯廳裡也一樣被遮得陰陰的，大家強顏歡笑地喝著冰涼的麥酒。

　　「今天下午我們該怎麼辦？」黛西大聲地說。「還有明天，以及接下來的三十年該怎麼辦啊？」

　　「別這麼喪氣。」喬丹說：「到了秋天天氣變得涼爽，又可以重新過日子了。」

　　「可現在太熱了。」黛西哭喪著說：「什麼事情都亂糟糟的。我們進城去吧！」

　　她的聲音繼續在熱氣中掙扎，向它挑戰，想將毫無意識的熱氣塑造成形。

　　「我只聽說過有人把馬廄改建成車庫。」湯姆對蓋茨比說，「像這樣把車庫改建成馬廄的，我可是頭一個。」

　　「有誰想進城？」黛西不死心又問，蓋茨比的眼光朝她飄過來。「啊！」她高喊：「你看起來好涼快。」

　　他們的目光相遇，注視著對方，渾然忘我。黛西好不容易移開視線，低頭盯著桌子。

　　「你看起來總是很涼快。」她又說了一次。

黛西剛才簡直就是在表白自己對蓋茨比的愛意，湯姆也看見了。他不禁目瞪口呆，看看蓋茨比，又看看黛西，好像這才認出他原來是她多年前的一個朋友。

「你好像廣告中那個人，」她渾然不知地又說：「你知道廣告中那個人……」

「好啦！」湯姆立刻插嘴，「我非常樂意進城去。走吧……我們全都進城去。」

他站起來，眼光仍在蓋茨比和他妻子之間閃爍不定。誰也沒有動。

「走啊！」他就快發脾氣了。「你們這是怎麼回事？如果要進城，就走吧！」

他將杯裡最後一些麥酒送到唇邊，手由於極力克制而微微發抖。黛西出聲後，我們便起身走到外頭亮晃晃的碎石車道上。

「我們就這麼去了呀？」她抗議。「就這樣？不先讓誰抽根菸嗎？」

「整頓飯下來，每個人都抽過了。」

「哎呀！開心一點嘛！」她求他。「天氣這麼熱還要吵架。」

他沒有答腔。

「隨便你。」她說。「走吧！喬丹。」

156

　　她們上樓去準備，而我們三個男人則站在那，腳下撥弄著滾燙的小石子。西方的天空已經盤旋著一彎銀白的月亮，蓋茨比欲言又止，湯姆已經轉身等著他說話。

　　「你的馬廄在這裡嗎？」蓋茨比只得隨便問一句。

　　「沿著路走下去，大概四分之一哩路。」

　　「喔。」

　　停了一下。

　　「我真不懂為何要進城去。」湯姆怒氣沖沖地說：「女人的腦袋裡老是有這些奇怪的想法……」

　　「我們要不要帶一點東西去喝？」黛西從樓上的一扇窗口喊著。

　　「我帶一點威士忌。」湯姆應著。然後走進屋去。

　　蓋茨比硬生生地轉身對我說：「老兄，在他家裡我什麼也說不出來。」

　　「她的聲音裡總是透露著些什麼，」我說：「感覺好像全是……」我遲疑了一下。

　　「她的聲音裡都是錢。」他忽然說道。

　　對。以前我一直想不通。都是錢沒錯──有金錢那種起起伏伏、無窮無盡的魅力，有金錢清脆的叮玲聲，也有金錢響亮的匡噹聲……

她就像白色宮殿中高高在上的公主，一個黃金女孩……

湯姆從屋裡走出來，一邊將一瓶酒裹在毛巾裡。黛西和喬丹跟在他後面，頭上戴著無邊的亮面小帽，胳臂上挽著輕薄的披肩。

「開我的車就好了吧？」蓋茨比建議道。他摸了摸被曬得發燙的綠色皮椅。「應該把車停在樹蔭下的。」

「你的車是普通排檔嗎？」

「是。」

「那麼你開我的小跑車，我開你的車進城好了。」

蓋茨比不喜歡這個建議，便推說：「我想大概沒剩多少油了。」

「油還多著。」湯姆看了看油表，很粗暴地說：「而且要是沒油的話，我可以找藥房買了再加。現在的藥房什麼都賣。」

聽了這句顯然毫無意義的話，誰都沒有出聲。黛西皺起眉頭看著湯姆，蓋茨比臉上也掠過一種曖昧的表情。這種表情既完全陌生卻又似曾相識，好像以前只聽過別人形容而未親眼見識。

「走吧！黛西。」湯姆強推著她走向蓋茨比的車。「我就用這輛馬戲團的車載妳。」

他打開車門，她卻掙脫了他的懷抱。

「你載尼克和喬丹。我們開跑車跟在後面。」

　　她走到蓋茨比身邊，用手碰碰他的外套。喬丹、湯姆和我坐上蓋茨比的車，湯姆試著推了推排檔熟悉一下，然後便直接衝進一片悶熱當中，將他們遠遠地拋到視線之外。

　　「你看見了嗎？」湯姆問。

　　「看見什麼了？」

　　他目光銳利地看著我，心裡明白喬丹和我一定早就知道了。

　　「你們以為我是笨蛋，是吧？」他說：「也許是吧！不過有時候我幾乎有一種直覺——未卜先知的直覺，讓我知道該怎麼辦。你們大概不相信，不過科學……」

　　他不再說下去。眼前的突發事件讓他驚醒，將他從理論深淵的邊緣拉了回來。

　　「這傢伙我稍微調查了一下。」他又說：「早知道我就查得深入一點……」

　　「你是說你去找靈媒？」喬丹打趣地問。

　　「什麼？」我們笑了起來，他卻一頭霧水地瞪著我們。「靈媒？」

　　「問蓋茨比的事。」

　　「問蓋茨比的事？沒有，我沒有。我是說我稍微調查了一下他的過去。」

「結果你發現他是牛津畢業的囉！」喬丹幫他說了出來。

「牛津畢業的？」他全然不信。「他是才怪！看他穿的那身粉紅色的衣服。」

「反正他還是牛津畢業的。」

「新墨西哥州的牛津，或者是這類鳥不生蛋的地方吧！」湯姆嗤之以鼻地說。

「喂，湯姆，你要是這麼勢利，為什麼要請他來吃飯？」喬丹不高興地問。

「是黛西請他來的，我們結婚以前他們就認識了。天曉得在哪認識的！」

由於先前的麥酒開始起作用，我們都漸漸變得暴躁。察覺到這一點之後，我們便保持沉默了好一段路。當看見公路前方艾科柏格醫師那雙褪了色的眼睛，我忽然想起蓋茨比警告過汽油可能不夠。

「夠我們進城去了。」湯姆說。

「反正這裡剛好有個加油站。」喬丹反駁。「這種天氣熱得像烤爐一樣，我可不想半途拋錨。」

湯姆不耐煩地踩下兩邊的煞車，然後滑行到威爾森的招牌底下，猛地一停，揚起一陣灰塵。過了片刻，老闆從修車廠裡頭走出來，凹陷的雙眼直盯著車看。

「替我們加點油!」湯姆粗聲粗氣地大喊:「你以為我們停在這裡幹什麼?看風景啊?」

「我病了,」威爾森定在原地說:「病了一整天了。」

「怎麼回事?」

「我已經累垮了。」

「這麼說要我自己動手囉?」湯姆問道。「你電話裡的聲音聽起來好得很哪!」

威爾森費勁地走出原本支撐著他的陰涼門口,一面重重地喘息,一面旋下了油箱的蓋子。他的臉在太陽底下綠得發青。

「我不是故意打擾你吃中飯,」他說:「但我真的很需要錢,又不知道你打算怎麼處理你的舊車。」

「這輛車你覺得怎麼樣?」湯姆問,「我上禮拜買的。」

「很漂亮的黃色車子。」威爾森說,手裡用力地按著手把。

「想買嗎?」

「怎麼可能?」威爾森虛弱地笑笑。「不了,不過另一輛我還能有點賺頭。」

「怎麼會忽然這麼缺錢?」

「在這裡待太久了,想到其他地方去。我和老婆想到西部去。」

「你老婆也想！」湯姆驚訝地大喊。

「她已經說了十年了。」他靠著汽油泵休息一下，讓眼睛避避太陽。「現在不管她想不想都得去，我要帶她離開這裡。」

這時小跑車從旁疾馳而過，塵土飛揚之外，還晃過了一隻揮舞的手。

「多少錢？」湯姆粗著嗓子問。

「前兩天我聽說了一件怪事，」威爾森說。「所以我才想離開，也才會為了車子的事去煩你。」

「多少錢？」

「一塊二。」

在熱氣無情而猛烈的衝擊之下，我有點頭昏腦脹。起先一直覺得不安，後來我才發現他還沒有懷疑到湯姆頭上，他只是發現梅朵瞞著他在另一個世界過著不同的生活，由於打擊太大，才會病倒。我看看他，又看看湯姆，湯姆也才在不到一個小時之前，有了和他同樣的發現。我腦中忽然閃過一個念頭：儘管男人在智慧和種族方面各有差異，但最大的差別還是在於健康與否。威爾森病得太厲害了，所以看起來好像犯了什麼滔天罪行——好像剛把一個可憐女孩的肚子給弄大了。

「那輛車我會賣你的。」湯姆說。「明天下午我就叫人送過來。」

　　這個地方總是隱約叫人不安，即使在陽光明亮耀眼的下午也一樣，這時我忽然轉過頭去，像是有人警告我留意後面似地。在垃圾堆上方，艾科柏格醫師的巨大雙眼仍嚴密監視著。但過了一會，我卻發覺在不到二十呎的地方，有另一道強烈的目光向我們射來。

　　車廠樓上，有一扇窗戶的窗簾被微微拉開，梅朵·威爾森正透過縫隙俯看著我們的車。由於她過於全神貫注，並未察覺到有人也看著她。她臉上青一陣白一陣，就像洗照片時，照片上的景物慢慢顯像一樣。奇怪的是，她的表情我覺得很眼熟，這種表情在女人的臉上經常可以見到，但是出現在梅朵·威爾森的臉上，卻似乎毫無意義且無法解釋。最後我才發現她瞪得大大的、充滿忌妒與憤怒的眼神，看的並不是湯姆，而是喬丹·貝克。她錯把喬丹當成湯姆的妻子了。

　　單純的心一旦陷入迷惘，便會愈陷愈深。當我們驅車離去時，湯姆覺得自己好像被驚恐的情緒狠狠鞭笞著。一個小時以前，他的妻子與情婦都還安安穩穩地，如今卻一下子就溜出了他的掌控範圍。他下意識地緊踩油門，一方面想趕上黛西，一方面則想將威爾森拋到腦後。我們以五十哩的時速朝阿斯托利亞奔馳而去，一直到鑽進高架鐵路底下有如蛛網般密佈的梁柱之間，才看見那輛悠哉悠哉的藍色小跑車。

　　「五十街附近那幾家大型電影院很涼快。」喬丹建議著說：「我最喜歡紐約的下午，一個人也沒有。有一種通體舒暢的感覺——一種熟透了的感覺，好像馬上就會有各種奇奇怪怪的果子掉進你的手裡。」

提到「通體舒暢」，讓湯姆更加不安。不過，他還沒來得及反駁，小跑車就突然停了下來，黛西示意我們停到他們旁邊。

「我們要去哪裡？」她大喊。

「去看電影怎麼樣？」

「太熱了，」她抱怨。「你們去吧！我們去兜兜風，等一下再和你們碰面。」她勉強又開了個玩笑：「我們就在某個路口碰面吧！到時候只要看到一個叼著兩根菸的男人，就是我了。」

「我們別在這裡爭論。」湯姆不耐地說，後面一輛大卡車叭叭地大聲抗議。「你們跟著我到中央公園南邊，廣場飯店前面。」

有好幾次他轉過頭去找他們的車，要是被車流給隔開來了，他就會慢下車速直到他們趕上來為止。我想他是怕他們忽然轉進某條巷道，從此在他的生命中消失。

但是他們沒有。我們全都走了更不可思議的一步，那就是——訂下廣場飯店一間豪華套房的客廳。

我們是如何經過一番冗長而激烈的爭辯，才進入那間房間的，我已經記不得了。但是卻清清楚楚地記得在爭辯的過程中，我的內衣就像一條溼黏的蛇，纏著身子不斷往上爬，一串一串的汗珠競相沿著背脊奔流而下。最初之所以興起這個念頭，是因為黛西提議我們訂下五間浴室，洗個冷水澡，後來演變成比較實際的想法，找一個可以喝薄荷酒的地方。我們每個人都一再地說這想法「太瘋狂了」。我們七嘴八舌地說得櫃台人員目瞪口呆，還自以為——或裝

模作樣地自以為——非常風趣……

　　那間客廳又大又悶，雖然已經下午四點鐘，打開窗子卻只聞得到從公園樹叢飄來的一陣熱氣。黛西走到鏡子前面，背對著我們整理頭髮。

　　「這間套房好漂亮。」喬丹恭恭敬敬地，說得很小聲，大家聽了都笑了。

　　「把另一扇窗子打開吧！」黛西沒有轉身便這麼命令著。

　　「已經沒有其他窗子了。」

　　「那我們最好打電話叫他們送一把斧頭上來……」

　　「你就別再喊熱了。」湯姆不耐煩地說：「一直抱怨只會讓妳更熱。」

　　他打開毛巾，取出威士忌放在桌上。

　　「你就隨她說吧！老兄。」蓋茨比說：「是你自己想進城來的。」

　　有好一會都沒有人出聲。電話簿忽然從釘子上滑落，砰的一聲掉在地板上，喬丹低聲地說了一句「對不起」……但這回卻沒有人笑。

　　「我來撿。」我說。

　　「我來就好。」蓋茨比察看了鬆掉的繩子，喃喃地「哼」了一聲，

165

似乎覺得很有趣，然後才把電話簿丟到椅子上。

「那是你的口頭禪吧？」湯姆沒頭沒腦地說。

「什麼？」

「你老是『老兄』長『老兄』短的，這句話是哪學來的？」

「拜託，湯姆。」黛西從鏡子前轉過頭來，說：「你要是打算做人身攻擊，我就馬上離開。打電話叫他們送冰塊上來吧！喝薄荷酒要加的。」

湯姆一拿起電話，壓縮的熱氣立刻爆發成聲音，我們就這麼聽著孟德爾頌的結婚進行曲那莊嚴的樂音，從樓下的舞廳裡傳上來。

「這麼熱的天，竟然也有人結婚！」喬丹喊得有些淒慘。

「當然了……我就是在六月中結婚的。」黛西回想著，「而且是路易維爾的六月呢！還有人昏倒。昏倒的那人是誰呀？湯姆。」

「比洛克西。」他很暴躁地回答。

「一個姓比洛克西的人，綽號叫『積木』，他專門做箱子的。這是真的，而且他還是田納西州比洛克西的人。」

「他們後來把他抬進我家，」喬丹補充，「因為我們家和教堂只隔著兩戶人家。他待了三個禮拜，一直到爸爸趕他走才離開。他走後第二天爸爸就死了。」她頓了一下，才又說：「這和他沒有關係。」

「我以前認識一個比爾‧比洛克西，是孟斐斯人。」我說。

「那是他的堂兄弟。他離開以前，把他整個家族歷史都告訴我了。他送了我一支鋁製的推球桿，我還用到現在呢！」

樓下婚禮開始之後，音樂聲便安靜了下來，這時從窗口飄進一聲長長的喝采，跟著又是斷斷續續「好耶！好耶」的歡呼，最後響起一陣爵士樂聲，開舞了。

「我們都老了，」黛西說，「若我們還年輕的話，就會站起來跳舞了。」

「別忘了比洛克西的教訓。」喬丹警告她，「你是在哪裡認識他的，湯姆？」

「比洛克西？」他努力地想了一下。「我不認識他。他是黛西的朋友。」

「他才不是。」黛西否認，「我從來沒見過他。他是搭你租的車來的。」

「可是他說認識妳。他說他是在路易維爾長大的。就在出發前一分鐘艾沙‧柏德才帶他過來，問我們還有沒有位子給他。」

喬丹微微一笑。

「他很可能就這麼一路騙吃騙喝地回家。他說他是你們那屆耶魯學生會的會長。」

湯姆和我茫然地互看了一眼。

「比洛克西？」

「第一，我們沒有什麼會長……」

蓋茨比不停用腳咚咚咚地敲著地板，湯姆突然盯著他問道：「對了，蓋茨比先生，我聽說你是牛津畢業的。」

「也不算是。」

「喔，應該是的，據我所知你上過牛津大學。」

「是的……我的確是。」

安靜了半晌，湯姆又以懷疑和羞辱的口吻說：「你上牛津的時期，一定也差不多就是比洛克西上耶魯的時期吧！」

又安靜了一會。有個服務生敲門，拿了碎薄荷葉和冰塊進來，但是當他說了「謝謝」並將門輕輕關上之後，沉默仍持續著。這個重大的細節，終於還是要澄清的。

「我說了我上過牛津大學。」蓋茨比說。

「我聽到了，可是我想知道是什麼時候。」

「一九一九年，只唸了五個月。所以不能說我是牛津畢業的。」

湯姆斜睨了所有人了一眼，看看我們是否也和他一樣抱著懷疑。但是我們全都看著蓋茨比。

「這是停戰以後,他們為一部分軍官安排的機會。」他繼續說,「我們可以選擇英國或法國的任何一所大學。」

我真想站起來,拍拍他的背。我又和從前一樣,再度對他充滿信心。

黛西面帶微笑地站起來,走到桌旁。

「開酒吧!湯姆。」她吩咐道:「我替你調一杯薄荷酒。喝點酒你就不會覺得自己很蠢了……你看這些薄荷葉!」

「等一下。」湯姆厲聲說。「我還想再問蓋茨比先生一個問題。」

「問吧!」蓋茨比客氣地說。

「你到底想在我家惹出什麼樣的事情來?」

他們終於開誠布公,蓋茨比感到很滿意。

「他沒有惹什麼事,」黛西沮喪地看看這人又看看那人。「惹事的人是你。請你自制一點。」

「自制!」湯姆不敢置信地重複她的話,「最後是不是要我袖手旁觀,眼睜睜看一個不知從哪冒出來的無名小卒跟我老婆上床,這才叫趕流行啊?妳可別以為我辦得到……這年頭的人已經完全沒有家庭觀念,接下來他們也就什麼都不管,要搞黑白通婚了。」

他激動得胡言亂語,覺得自己正獨自堅守著文明的最後防線。

「我們全都是白人呀！」喬丹小聲地說。

「我知道自己不太受歡迎，也沒有舉行過大型宴會。我想真的得把房子搞得像豬窩一樣，才交得到朋友……真是世風日下。」

我雖然生氣，我們每個人都很生氣，可是他每次一開口我就想笑。一個酒色之徒竟然也這麼滿口仁義道德起來了。

「有件事我得告訴你，老兄……」蓋茨比開口道。但是黛西猜到了他的意圖。

「求求你不要！」她無助地打斷他，「我們還是回家吧！我們都回家好不好？」

「好主意，」我站了起來。「走吧！湯姆，沒人想喝酒了。」

「我想知道蓋茨比先生有什麼話要告訴我。」

「你的妻子並不愛你。」蓋茨比說：「她從來沒有愛過你。她愛的是我。」

「你瘋啦！」湯姆衝口而出。

蓋茨比一下子彈了起來，情緒顯然十分激動。

「她從來沒有愛過你，你聽見沒有？」他大喊，「她當初嫁給你只是因為我很窮，她累了，不想再等我。她犯了一個天大的錯誤，可是在她心裡頭，只愛過我一人！」

聽到這裡，喬丹和我都想走了，但是湯姆和蓋茨比卻都堅持要我們留下，而且態度一個比一個強硬——好像兩人都沒什麼好隱瞞的，也像是賞我們一個難得的機會分享他們內心的情感。

「黛西，坐下。」湯姆想以聲音展現父親般的威嚴，但並未成功。「這是怎麼回事？我要妳一五一十地告訴我。」

「我已經告訴你怎麼回事了。」蓋茨比說：「而且已經五年了⋯⋯只是你不知道。」

湯姆驀然轉頭問黛西：「妳和這傢伙已經幽會五年了？」

「不是幽會，」蓋茨比說：「不是，我們沒法碰面。但是老兄啊！這段時間以來我們都愛著對方，只是你不知道。有時候我真覺得好笑，」但他的眼中並無笑意。「你竟然毫不知情。」

「哦，就這樣啊！」湯姆學著牧師，把粗粗的指頭合攏在一起，然後往後一仰，靠在椅背上。

「你真是瘋了！」他發作道：「我沒辦法和你說五年以前發生的事，因為那時候我還不認識黛西，可是我實在想不出你怎麼能接近得了她，除非你是到後門送貨的。至於其他的根本都是胡說八道。黛西嫁給我的時候是愛我的，現在她也還愛我。」

「不對。」蓋茨比搖搖頭。

「反正她就是愛我。只不過她偶爾會有一些傻念頭，不知道自己在做些什麼。」他自覺睿智地點著頭。「而且我也愛黛西。我可

能三不五時會找找樂子、鬧鬧笑話，可是最後總會回到她身邊，我心裡頭一直都是愛她的。」

「你真噁心。」黛西說。她轉向我，聲音降了八度，那譏諷的聲音讓人毛骨悚然。「你知道我們為什麼離開芝加哥嗎？竟然沒人把那次他找樂子的事告訴你，真讓我驚訝。」

蓋茨比走過來，站到她身旁。

「黛西，事情全都過去了。」他誠摯地說：「已經無所謂了。老實告訴他吧！說妳從來沒有愛過他，從此一切都一筆勾消。」

她眼神空洞地看著他。「是啊！我怎麼會愛他，怎麼可能呢？」

「妳從來沒有愛過他。」

她猶豫了一下，帶著求救的目光望向我和喬丹，彷彿終於明白自己在做什麼了，也彷彿她從來就不想做什麼。但如今木已成舟，太遲了。

「我從來沒有愛過他。」她說，口氣顯然很遲疑。

「在夏威夷的卡皮歐拉尼的時候也不愛嗎？」湯姆忽然問道。

「不愛。」

樓下舞廳裡隱約而模糊的樂聲，隨著空氣熱浪飄了上來。

「為了不弄溼妳的鞋子，我從『潘趣缽』火山口一直背著妳

走的那天也不愛嗎？」他的語調裡有一種帶著磁性的溫柔……「黛西？」

「請你別再說了。」她的聲音冷冷的，但其中已無怨恨。她看著蓋茨比。「好啦！傑伊。」她回道，可那試著點菸的手卻抖個不停。她忽然把香菸和點燃的火柴往地毯上一丟。

「哎，你要的太多了！」她對蓋茨比嚷著：「我現在是愛你的，這還不夠嗎？過去的事我無能為力。」她無助地啜泣起來。「我確實曾經愛過他，可是我也愛過你。」

蓋茨比睜大了眼睛，隨後又閉上。

「妳也愛過我？」他又說了一遍。

「就連這句話也是假的。」湯姆粗暴地說：「她根本不知道還有你這麼一個人。其實啊！黛西和我之間有些事是你絕對不會知道的，一些我們倆永遠都忘不了的事。」

這些話似乎刺傷了蓋茨比。

「我想和黛西單獨談談。」他堅持地說。「她現在太激動了……」

「就算單獨談，我也不會說我從沒有愛過湯姆。」她語氣淒慘地坦承，「因為這不是真話。」

「這當然不是真話。」湯姆也這麼說。

　　她對著丈夫說：「說得好像你很在乎似的。」

　　「當然在乎。從現在起，我會更用心地照顧妳。」

　　「你還不懂。」蓋茨比有點驚慌地說：「你再也不必照顧她了。」

　　「是嗎？」湯姆瞪大著眼睛笑了。他現在已經可以控制住自己。「怎麼說呢？」

　　「黛西就要離開你了。」

　　「胡說。」

　　「這可是真的。」她顯然費了很大的勁才說出來。

　　「她不會離開我的！」湯姆忽然語帶威脅地對蓋茨比說：「何況又是為了一個騙子，你連送她的戒指都得用偷的。」

　　「我受不了了！」黛西大叫道：「求求你，我們走吧！」

　　「你以為你是誰啊？」湯姆發作道：「你只不過是和梅爾‧沃夫辛鬼混的那夥人其中一個——這件事我剛好知道。我稍微調查了一下你那些買賣，明天會再查得更仔細。」

　　「隨你高興了，老兄。」蓋茨比不慌不忙地說。

　　「我知道你的『藥房』是怎麼回事。」他對著我們，話說得很快。「他和那個姓沃夫辛的在這裡和芝加哥的小巷子裡，買下很多間藥房，偷偷地賣酒精。這只是他的小伎倆之一。我第一眼看到他就覺

得他是個賣私酒的，猜得果然八九不離十。」

「那又如何？」蓋茨比語氣溫和。「你的朋友瓦特・柴斯，可不像你這麼心高氣傲，他不也入夥了？」

「結果你就擺了他一道，對不對？你害他在紐澤西坐了一個月的牢。我的天啊！你真該聽聽瓦特是怎麼說你的。」

「他來找我們的時候已經是個窮光蛋。能有掙錢的機會他已經夠高興的了，老兄。」

「你別叫我『老兄』！」湯姆嚷著。而蓋茨比沒有應聲。「瓦特本來可以用違法賭博的罪名把你也給告上法庭，但是因為沃夫辛恐嚇他，他才不敢聲張。」

蓋茨比的臉上又再度出現那副陌生卻又似曾相識的表情。

「那藥房的買賣只是小意思而已。」湯姆緩緩地接著說：「你現在在幹的勾當，瓦特根本不敢告訴我。」

我瞄了黛西一眼，見她看著蓋茨比又看著丈夫，顯得驚慌不已。我又瞅瞅喬丹，她抬著下頦，好像又開始專心地頂起一樣肉眼看不見的東西來了。最後我重新轉向蓋茨比，他的表情卻把我嚇了一跳，他的樣子就好像他「殺了人」似的。話雖如此，我還是很鄙視在他花園裡流傳的風言風語。但那一剎那，他的神色卻也只能用這句駭人的話來形容。

後來，蓋茨比開始用很激動的語氣和黛西說話，他否認一切，

辯稱自己什麼也沒做，就連一些沒有受到指責的罪名，也推得一乾二淨。只不過他說得愈多，黛西就愈是封閉畏縮，於是他只好放棄。在悄悄流逝的午後時光裡，只剩下一個沉寂的夢，還在試著觸摸那再也碰觸不到的東西，還在悲傷而絕望地掙扎著，想再聽聽房裡那個已經消失的聲音。

那個聲音再度哀求著要離開。

「求求你，湯姆！我再也受不了了。」

黛西受驚的雙眸透露出，無論她曾有過何種企圖、何種勇氣，如今都已然全失。

「你們倆一塊回家吧！黛西。」湯姆說：「搭蓋茨比先生的車。」

她不安地望著湯姆，但他十分堅持，並用一種大方並帶著輕蔑的口吻說：「去吧！他不會再騷擾妳了。我想他應該明白，不自量力的愛情遊戲已經結束了。」

他們不發一語走了出去，就像燭火冷不防地熄滅了，像偶發事件以後不會再發生，也像孤立的幽靈，就連我們的同情也被隔離開來。

過了一會，湯姆起身將那瓶未開的威士忌捲進毛巾裡。

「想喝點嗎？喬丹？尼克？」

我沒有回答。

「尼克？」他又問了一遍。

「什麼？」

「要不要喝一點？」

「不要……我只是剛好想到今天是自己的生日。」

三十歲了。眼前即將展開新的十年，是一條充滿不祥與危險的道路。

我們和湯姆坐進小跑車出發回長島時，已經七點。湯姆說個不停，既得意又快活，可他的聲音對喬丹和我而言，卻和外面人行道上的嘈雜聲、或頭頂上高架鐵路的隆隆聲一樣遙遠。人類的同情心是有限度的，我們很樂於讓他們的一切爭端，隨著市區燈火，留在身後。三十歲——未來很可能是寂寞的十年，認識的單身漢會愈來愈少，裝載的熱情會愈來愈少，頭髮也愈來愈少。不過我身邊有喬丹，她和黛西不同，她如此聰明，是不可能一年又一年地背負著早已遺忘的夢想。當我們通過漆黑的橋，她蒼白的臉無力地靠上我的肩頭，手緊緊一握，三十歲生日這重要的一天，也就在她手心所傳達的暖意裡過去了。

於是我們穿越冷卻了的黃昏，繼續駛向死亡。

驗屍審訊過程中，希臘青年米凱利斯是主要的證人，他是垃圾堆旁邊一家小咖啡館的老闆。那天他的午覺一直睡到熱氣散去的五

點過後,當他醒來走到修車廠時,發現喬治‧威爾森生了病,坐在辦公室裡。他病得可真不輕,整個人就像他的髮色一樣慘白,而且全身顫抖。米凱利斯建議他上床躺一躺,威爾森卻不願意,說這樣會影響生意。正當這位鄰居努力地想說服他,忽然聽到樓上一陣大吵大鬧。

「我將老婆鎖在上面。」威爾森冷靜地解釋,「她得乖乖地待到後天,然後我們就要搬走了。」

米凱利斯很是訝異,他們當了四年的鄰居,怎麼也想不到威爾森竟能說出這樣的話。平時他總是一副精疲力竭的模樣,不做事的時候就坐在門口,盯著馬路上來往的人和車。要是有人和他說話,他也總無精打采地笑著附和。他這人身不由己,什麼都得聽老婆的。

因此米凱利斯自然想知道出了什麼事,但威爾森什麼也不肯說,反而開始用好奇而懷疑的眼光睨著鄰居,還問他某日某時在做些什麼。就在米凱利斯漸漸感到不安時,剛好有幾個工人經過門前往他的餐館走去,他便趁機告辭,打算晚點再過來。但是他沒有回去,他大概就只是忘記了吧!七點剛過不久,他又來到外頭,才想起了他們的對話,因為他聽到威爾森的老婆在修車廠樓下大聲地咒罵。

「打我啊!」他聽到她大聲嚷著。「用力打啊!打我啊!你這個沒用的膽小鬼。」

不一會她衝進暮色之中,揮舞著雙手大喊大叫。但是,他都還沒走出自己餐館的門口,一切就結束了。

報上所謂的「亡命車」，並沒有停下來。它從漸濃的暮色裡衝出來，闖禍後徘徊了一下，接著就繞過下一個彎路消失了。馬夫洛米凱利斯甚至連車子的顏色都沒看清楚——他對第一個盤問的警察說是淡綠色。另一輛開往紐約方向的車經過事故現場一百碼之後停了下來，司機急忙跑到梅朵‧威爾森旁邊，猛力的衝撞已經奪走她的生命，只見她跪倒在路中央，沙土裡混著她濃稠、暗褐色的血。

米凱利斯和司機首先趕到她身旁，可是當他們扯開她汗溼的襯衫時，卻看見她左邊的乳房垂蓋下來軟趴趴地晃著，看來也不用再去聽聽底下有沒有心跳了。她的嘴巴張得大大的，嘴角有些撕裂，好像要把她積存了這麼久的巨大精力一口氣吐出來，卻給嗆住了。

我們遠遠地就看見那三、四輛車和圍觀群眾。

「是車禍！」湯姆說：「那可好。威爾森終於有點生意做了。」

他慢下速度，不過沒有停車的打算。一直到我們靠近之後，看見修車廠門外的群眾噤若寒蟬、臉色凝重，他才不自覺地踩了煞車。

「我們去看一下。」他覺得可疑。「看一下就好。」

這時候我彷彿聽到車廠內不斷傳出一個空洞的哀號聲，當我們下了車走向門邊，才聽清楚原來是有人喘著氣一遍又一遍地呻吟著。「喔，天哪！」

「這裡出事了。」湯姆激動地說。

他墊起腳尖，從眾人的頭頂上往車廠內張望，裡頭只點了一盞

黃燈，用鐵絲網罩著掛在天花板上，搖搖晃晃的。湯姆忽然發出一聲粗吼，接著便以強有力的雙臂粗魯地推開兩旁的人，闖了進去。

被他推開的人群馬上又靠攏過來，一個個低聲咒罵著。有一陣子，我根本什麼也看不到。後來又來了一些人將秩序打亂，喬丹和我才莫名其妙地被擠了進去。

梅朵·威爾森的屍體躺在牆邊的一張工作台上，身上裹了一條又一條的毛毯，好像在這悶熱的夜裡她還是覺得冷，而湯姆正俯身看著屍體，他背對著我們動也不動。他旁邊站了一個摩托車警員，正忙著在一本小簿子上記錄姓名，他汗流浹背又得不斷地訂正。起初我總找不到在空空的車廠裡迴響得又響又亮的呻吟聲，到底是從哪裡發出來的，後來才看到威爾森站在辦公室高起的門檻上，兩手抓著門框邊，身子前後搖擺著。有一個人低聲在和他說話，偶爾還會試著把手搭在他肩上，可是威爾森卻彷彿又聾又瞎。他的目光會從搖晃的燈光慢慢往下轉移到牆邊的台子，然後又倏地轉回去看著燈，還不斷用又尖銳又恐怖的聲音喊著：「喔，我的天哪！喔……！喔，我的天哪！喔，我的天哪！」

這時候湯姆猛然抬起頭來，呆呆地環顧了車廠之後，嘟囔著不知道和警察說些什麼。

「馬……佛……」警察說。

「不對，是夫……」那人糾正道。「馬……夫……洛……」

「你聽我說！」湯姆喃喃的口氣十分粗暴。

「夫……」警察說：「洛……」

「格……」

「格……」湯姆的大手掌重重地按在警察肩膀上，那警察才抬頭問。「你想幹什麼，老弟？」

「我想知道……出了什麼事？」

「她被車撞了，當場死亡。」

「當場死亡。」湯姆瞪著眼重複了一遍。

「她跑到馬路上。那個混蛋，車子連停都沒停。」

「有兩輛車，」米凱利斯說：「一輛來，一輛去，懂了嗎？」

「去哪了？」警察機敏地問道。

「兩輛車反方向，反正她……」他的手朝著毛毯舉起來，舉到一半又垂了下來。「她跑出去，從紐約開來的車子把她撞個正著，車速大概有三、四十英哩。」

「這個地方叫什麼？」警官問道。

「沒什麼名字。」

一個膚色不太黑、穿著體面的黑人走了上來。

「是一輛黃色的車。」他說，「黃色的大車。很新。」

「你目睹車禍發生了？」警察問。

「沒有，不過那輛車超我的車，車速在四十以上，大概有五、六十。」

「過來登記一下你的名字。好啦！好啦！我現在要把他的名字記下來。」

有一部分對話一定是傳到了站在辦公室門口搖晃身子的威爾森耳裡，因為他喘息的吶喊聲突然出現了不同的內容：「你不用跟我說是什麼車！我知道是什麼車！」

我看著湯姆，發現他外套底下肩胛部分的肌肉緊繃了起來。他快步走向威爾森，在他面前站定，然後緊緊抓住他的上臂。

「你要振作一點。」他用沙啞的聲音安撫道。

威爾森的眼光落在湯姆身上，他猛地站直了身子，後來雙腿一軟，要不是湯姆及時扶住他，可能就要跪下去了。

「你聽著。」湯姆搖搖他說：「我剛剛才從紐約來的。我們一直在談的那輛小跑車，我給你帶來了。我今天下午開的那輛黃色車子不是我的……你聽到了沒有？我已經一整個下午沒有看到那輛車了。」

只有那個黑人和我站得夠近，才聽得到湯姆說的話，可是警察察覺到說話聲調有點不對勁，兇惡的目光便射了過來。

「這又是怎麼回事？」他問。

「我是他的朋友。」湯姆掉轉過頭，但手還是緊按著威爾森的身子。「他說他知道肇事的車子⋯⋯是一輛黃色的車。」

警察憑著一股隱約的直覺狐疑地看著湯姆。

「你的車子什麼顏色？」

「藍色的，雙門跑車。」

「我們剛從紐約來。」我說。

有個人剛好開車跟在我們後面，證實了我的說法，於是警察便轉過身去：

「現在可不可以把你的名字，清清楚楚地再跟我說一遍⋯⋯」

湯姆把威爾森像玩偶一樣提起來，提進辦公室，讓他坐到椅子上，然後又走回來。

「來個人陪他坐坐吧！」他像下命令似地厲聲說道。說話的同時還盯著站得最近的兩個人，那二人互看了一眼，便不情願地走進辦公室。湯姆隨後將門關上，步下那一級階梯，眼睛則一直迴避著工作台。他走過我身邊時，小聲地說：「我們出去吧！」

我們靠著他那雙強悍的臂膀開路，擠出了仍舊不斷聚集的人潮，中途還遇見一個提著醫務包匆匆趕來的醫生——他是半個小時前大家還抱著一線希望去請來的。

湯姆慢慢地開過前面的彎路,然後他腳下一用力,小跑車便一路衝過了夜幕。過了一會,我聽到低低粗粗的啜泣聲,接著就看見他臉上淚水橫溢。

「沒種的王八蛋!」他嗚咽著,「竟然連車都沒停。」

一轉眼,布坎南的別墅穿過一棵棵漆黑又沙沙作響的樹,浮現在我們面前。湯姆把車停在陽台旁,抬頭看著二樓,爬滿長春藤的牆面上有兩扇窗戶漫出了燈光。

「黛西回來了。」他說。我們下車時,他覷了我一眼,眉頭略略皺起。

「我剛才應該讓你在西卵下車的,尼克。今天晚上不會有什麼事了。」

他有了一些轉變,說起話來嚴肅而果斷。我們走過月光下的碎石路到了陽台,他簡單幾句話就把情況處理妥當。

「我會打電話叫計程車送你回家,等車的時候,你和喬丹還是到廚房去,我讓下人給你們弄吃的。如果你們想吃點什麼的話。」他開了門。「進來吧!」

「不用了,謝謝。不過還是麻煩你幫我叫計程車。我在外面等就行了。」

喬丹把手搭在我的胳臂上。

「你不進來嗎？尼克。」

「不了，謝謝。」

我覺得有點難過，想一個人靜靜。可是喬丹又多待了一會。

「才九點半呢！」她說。

我是絕對不可能進去的，一整天和他們在一起已經受夠了。「他們」也包括喬丹在內。她或許從我的表情看出了些端倪，便驀然轉身奔上陽台台階進屋去了。我雙手抱頭坐了幾分鐘，後來聽見屋裡管家拿起聽筒叫計程車的聲音，於是沿著車道慢慢往外走，打算到大門旁邊等著。

走了還不到二十碼遠，就聽到有人喊我的名字，接著便看見蓋茨比從兩堆矮樹叢中間走到小徑上。當時我覺得非常不可思議，所以腦子裡一片空白，只注意到他粉紅色的上衣在月光下十分耀眼。

「你在做什麼？」我問道。

「只是站在這裡，老兄。」

不過，他似乎想幹什麼卑鄙的勾當。待會他大概會進屋打劫吧？這時要是有「沃夫辛那幫人」的猙獰面孔出現在他背後漆黑的灌木叢中，我也不會感到驚訝。

「路上有沒有碰到什麼事故？」他過了一分鐘才問。

「有。」

他又遲疑一下。

「那女人死了嗎？」

「死了。」

「我想也是。我對黛西說她必死無疑。早點讓她知道，總比一下子承受太大的打擊來得好。看她還挺撐得住的。」

聽他的口氣，好像黛西的反應才是唯一要緊的事。

「我走小路到西卵，」他繼續說，「車停在我的車庫。我想應該沒人看見我們，當然了，我也不是很肯定。」

這時我對他著實厭惡到了極點，甚至覺得沒必要告訴他他想錯了。

「那女人是誰？」他問道。

「姓威爾森。她丈夫是修車廠老闆。事情到底是怎麼發生的？」

「因為……我想把方向盤轉過來……」他忽然打住，而瞬間我也猜到了真相。

「是黛西開的車？」

「是的。」他停了一下，「不過我當然會說開車的是我。你也知道，我們離開紐約的時候她太緊張了，她覺得開車可以緩和情緒。就在我們和對面一輛車錯車時，這個女人忽然衝出來。一切都發生

得很快，可是我覺得她好像認識我們似的，想和我們說話。一開始，黛西先把車頭轉開，想避開那個女人，後來看到對面來車一時緊張，又轉了回來。我的手才一碰方向盤，就立刻感覺到撞擊的力道，一定當場就把她撞死了。」

「都把她給開膛剖肚了……」

「別說了，老兄。」他畏縮了。「總之，黛西一直踩油門。我想讓她停車，但她卻停不住，我只好拉起緊急煞車。後來她跌趴在我的大腿上，我就接手繼續往前開。

「她明天就會沒事了。」他很快地又說，「我只是想等一會，看湯姆會不會再拿下午那件不愉快的事來煩她。黛西把自己反鎖在房間裡，他要是敢動粗，黛西就會把房裡的燈關了再打亮作為暗號。」

「湯姆不會碰她的。」我說：「他現在已經不想她的事了。」

「我不相信他，老兄。」

「那你要等多久？」

「必要的話一整夜。反正要等到他們都上床。」

我忽然有了一個新念頭。要是湯姆發現是黛西開的車呢？他會不會認為其中有什麼關連？他可能什麼想法都會有。我看著別墅，樓下有兩三扇明晃晃的窗子，黛西一樓的房間則透著粉紅色的光。

「你在這裡等著。」我說,「我去看看有沒有騷動的跡象。」

我沿著草坪邊緣往回走,輕輕地穿過碎石子地,又躡手躡腳地走上陽台的階梯。客廳的窗簾沒有拉上,我看了看,裡頭沒人。我又走過陽台——三個月前某個六月的夜晚,我們曾經一起在這裡用餐。來到一方小小的亮光前,我猜這應該是廚房的窗戶。簾子已經拉上,但我發現窗沿露出一條細縫。

黛西和湯姆面對面坐在餐桌前,兩人之間放著一盤冷掉的炸雞,還有兩瓶麥酒。他很專注地隔著桌子對她說話,說到誠懇處還把手蓋在她的手上。偶爾她會抬起頭看看他,點點頭表示同意。

他們並不快樂,因為兩個人都沒有碰炸雞或是麥酒,但他們也並非不快樂。這幅畫面很顯然地流露出一種自然的親密感,任誰看了都會覺得他們正一同策劃著什麼。

正當我悄悄地離開陽台時,便聽見計程車沿著漆黑的道路往別墅摸索而來。回到車道上,蓋茨比還在原地等著。

「裡頭都還平靜吧?」他焦慮地問。

「是啊!都很平靜。」我答得有些遲疑,「你還是回家睡個覺吧!」

他搖搖頭。

「我要在這裡等到黛西上床。晚安了,老兄。」

　　他兩手插進外衣的口袋，急切地轉過身去繼續凝視著屋子，就好像我的存在使得他的守夜任務不再崇高神聖似的。於是我離開，留下他站在月光底下獨自守望。

Eight

一個新世界，既有形又不眞實，在這個世界裡，可憐的幽靈像呼吸空氣一般地呼吸著夢想，毫無目的地飄零遊蕩……就像那個灰白而怪異的人形，從模糊的樹林間悄悄向他逼近。

我失眠了一整夜。海灣上的霧角聲不停地哀鳴，我也在怪誕的現實與殘酷而駭人的夢境中難過得輾轉反側。天快亮的時候，我聽見計程車開上蓋茨比家車道的聲音，我馬上跳下床換衣服，覺得有件事得跟他說說，得警告他一下，等到天亮就太遲了。

穿過他的草坪之後，卻看見他別墅的前門還開著，他靠在玄關的一張桌子旁邊，不知是因為沮喪或失眠，整個人顯得無精打采。

「什麼事都沒發生。」他懶懶地說：「我等著等著，差不多四點左右，她走到窗邊，在那裡站了一會，然後就關燈了。」

那天晚上，我們為了找根香菸，走過一個又一個偌大的房間，我從來不覺得他的別墅有這麼寬敞。我們推開那些大得像帳篷一樣的帷幔，在綿延不盡的漆黑牆面上摸索著電燈開關，有一回還撞到一架鬼魅般的鋼琴，砰通地摔在琴鍵上。令人費解的是，到處都堆著厚厚的灰塵，房間裡也散著一股霉味，好像已經多日處於密不通風的狀態。我在一張以前似乎沒見過的桌子上找到一個防潮菸罐，裡頭有兩支乾乾的、有點走味的香菸。我們猛地推開客廳的落地窗，坐下來面向外頭的暗夜抽著菸。

「你應該避一避。」我說，「他們一定會追蹤到你的車的。」

「你是說現在去避一避嗎？老兄。」

「到大西洋城去待一個禮拜，或者去蒙特婁。」

蓋茨比不願意考慮。在還不知道黛西有什麼打算以前，他絕不可能離開她。他還緊緊抓住最後的一點希望，我實在不忍心將他搖

192

醒。

　　也就是在這天晚上，蓋茨比向我透露了年少時與丹・寇迪的那段奇遇。他之所以向我透露，是因為在湯姆毫不留情的惡意攻訐下，「傑伊・蓋茨比」已經像玻璃一樣摔得粉碎。而長久以來他傾力扮演的那齣神祕而豪華的戲碼，也從此告一段落。我以為事到如今他應該會毫不保留地坦承一切了，不料他卻想談談黛西。

　　她是他有生以來第一個認識的「好女孩」。他曾經捏造各種身分和這類人接觸，但中間總是隱隱約約隔著一道藩籬。他覺得她好有魅力、好叫人動心。他起初是和泰勒軍營的其他軍官一起到她家去的，後來便自己上門了。她的家令他驚奇不已，他從來沒有看過這麼美麗的房子。但房子之所以有一種讓人窒息的美感，主要還是因為黛西住在裡頭——這是她平日作息的地方，就像他在軍營裡住的帳篷一樣。這棟屋子有種濃厚的神祕感，總讓人隱約感覺到樓上還有更美麗、更涼快的臥室，感覺到在廊道之間隨時都有宴會上歡樂洋溢的氣氛，並感覺到那一段段的風流韻事，這些非但不是過時的陳年舊事，甚至都還活色生香，不覺叫人想起這一年的閃亮新車，以及擺滿了豔麗鮮花的舞會。還有一件事也很令他興奮，那就是已經有許多人愛過黛西，這點更增加了她在他心目中的分量。在這屋子裡，四處都能感覺到這些人的存在，空氣中充斥著他們的身影與回音，也瀰漫著他們依舊沸騰的情緒。

　　不過，他知道自己會出現在黛西家中，其實是十二萬分的意外。不管他成為蓋茨比之後有多風光，當時的他畢竟只是一個毫無來歷、一文不名的年輕人，而為他隱藏身分的這身軍服，也隨時可能在不

知不覺中褪下。因此他盡可能地把握時間，盡情地享受他所能得到的，狼吞虎嚥、肆無忌憚——最後，在十月一個寂靜的夜裡，他佔有了黛西，佔有她只因為事實上他連摸她手的資格都沒有。

他或許會因此看輕自己，因為他一定是以不正當的名義佔有了她。我指的並不是他捏造百萬家財來欺騙黛西，而是他故意給她一種安全的假象。他讓黛西以為他們的出身背景相仿，所以他有足夠的能力可以照顧她。事實上他並沒有這樣的本領，他沒有富裕的家境作後盾，而且很可能因為不講人情的政府一時興起，就被放逐到天涯海角去。

然而他沒有看輕自己，事情的發展也出乎他的意料。原本他只打算盡情享受，然後一走了之，後來卻發現自己正努力追求一個夢寐以求的目標。他知道黛西非常特別，但他卻不知道一個「好女孩」能有多麼特別。道別後，她便回到她豪華的家，回到她富裕、充實的生活裡，留下蓋茨比一人——一無所有。只是他自覺已經擁有了她，如此而已。

當他們兩天後再度相遇，感到焦慮不安的還是蓋茨比，他好像有一種受騙的感覺。閃耀的星光灑在她家陽台上，當她轉過身來，他吻了她那奇妙而美麗的雙唇，藤椅也同時發出吱吱呀呀的響聲。那天她受了風寒，聲音變得沙啞，也更加迷人。蓋茨比不禁驚覺財富中隱藏、保存了多少的青春與神祕，他驚覺那麼多的衣裳是何其新穎華麗，他更驚覺黛西有如閃著銀白光輝的月亮，安穩地、驕傲地高掛天空，全然不識窮人掙扎的苦痛。

「老兄，當我發現自己愛上她時的驚訝，真不知該如何形容。

我甚至一度希望她會摒棄我，但是她沒有，因為她也愛上我了。她以為我見聞廣博，因為我知道很多她不懂的事……所以啦！我呢！拋開了雄心壯志，每分每秒都陷得更深，剎那間我什麼都不在乎了。如果向她訴說未來的計畫可以讓我過得更快樂，那麼又何必去做什麼大事呢？」

在他出海打仗的前一天下午，他雙手環抱著黛西，靜靜地坐了好久。那是一個寒冷的秋日，房裡生了火，映得她雙頰緋紅。偶爾她會動一動，他的手臂也會稍微換個姿勢，有一回他還親親她烏黑亮澤的頭髮。那個下午他們平靜地度過好長一段時間，彷彿要為明天過後即將到來的長久分離，留下最深刻的記憶。在他們戀愛的那個月裡，就數這天最為親近，無論是她沉默的雙脣掠過他外套的肩頭，或是他輕觸著她的指尖彷彿不願驚醒她似的，他們之間的交流都是前所未有的深刻。

蓋茨比在戰爭期間表現非常傑出。上前線之前，他任職上尉，在阿爾岡戰役後晉升為少校，並負責師部機關槍的指揮調度。停戰後，他急著想回家，卻因為作業上的疏失而被送到了牛津。這下他可擔心了——黛西在信上顯得有些焦躁與絕望，她不明白為什麼他不能回來。她一直感受到外界的壓力，所以她想見他，想感覺到他在身邊陪伴著，好讓她確信自己沒有做錯。

由於黛西還年輕，她的世界裡充滿了虛情假意和令人欣悅的諂媚逢迎，還有樂隊奏出了一整年的節奏律動，為人生的悲傷與不快的聯想譜上新曲。薩克斯風整夜吹奏著「畢爾街」哀怨、絕望的藍調樂曲，和著成千上百的金鞋銀履舞出耀眼的光影。到了陰暗的午

茶時間,總有一些房間會流瀉出這種低低的、甜美的狂熱,讓人跟著心跳不已。而一個個鮮豔的臉龐則有如玫瑰花瓣似的,被悲傷的樂聲吹得在地板上東飄西蕩。

黛西又再次開始隨著季節活動了。忽然間她又可以在一天裡和五、六個男人約會,直到黎明才昏昏沉沉入睡。搭配晚禮服的首飾與薄紗丟在床邊的地板上,混在即將凋謝的蘭花堆裡。可是她內心裡卻隨時有一個聲音吶喊著,要她快下定決心,她要現在立刻重新塑造她的人生。但要下定決心,還需要憑靠一些外力──愛情或是金錢,總之是非常實際又唾手可得的外力。

仲春時期,湯姆.布坎南的到來,使得這股外力成形了。他不但外表英偉魁梧,更有雄厚的家產,因此黛西真是受寵若驚。她無疑是經過一番掙扎,但也算是鬆了口氣。信到達蓋茨比手中時,他人還在牛津。

這時在長島上,天已經快亮了,我們把樓下的窗子都打開,屋子裡漫射著淡灰、淡金色的光。有一棵樹的樹影突兀地落在披著露水的草地上,鳥兒像幽靈似地在灰藍的樹葉間鳴唱起來。空氣緩緩地移動,算不上有風,感覺很舒服,應該會是個涼爽的好天氣。

「我不認為她愛過他。」蓋茨比從一扇窗口轉過身來,目光裡帶著挑戰的意味。「你一定還記得吧!老兄,昨天下午她很激動。他把那些事情說出來的口氣讓她害怕,說得好像我只是個下流的騙子。所以後來她幾乎有點不知所云了。」

他悶悶不樂地坐下。

「當然了，她也可能只愛過他一下子，就是他們新婚的時候。可是即使那個時候她還是更愛我的，你懂嗎？」

接著，他忽然說了一句很奇怪的話。

「反正，」他說：「這都跟他人無關。」

這句話還能有什麼意思？應該就暗示他對這件事，有著他人無法體會的強烈感受吧！

他從法國回來時，湯姆和黛西還在度蜜月，他拿著軍餉的餘錢跑了一趟路易維爾，心情雖然悲苦卻忍不住想去。他在那裡待了一個禮拜，走遍當初那個十一月的夜裡，他們倆的跫音曾經響過的街道；重回當初他們開著她的白色車子，所到過的荒僻之處。在他的眼中，黛西的家還是跟以前一樣，比其他屋子都還要神祕、華麗。而這個城市本身也一樣，雖然她已經離開了，卻仍然充滿了一種憂鬱的美。

他走的時候一直覺得自己應該再認真一點去找找，也許還能找得到她——他覺得好像是自己把她給丟下了。普通客車——如今他已經身無分文——的車廂好熱。他走到外面開放式的連廊上，找到一張折疊椅坐下。車站悄悄地溜了過去，一些陌生建築物的背面也從眼前掠過。接著便進入了春日的田野，途中有一輛黃色電車追著他們跑了一小段路，或許電車裡有些乘客曾經無意間在某條街上，見過她富有魅力的臉蛋。

軌道轉了彎，火車開始遠離太陽，當太陽漸漸下沉，似乎也同

時以光芒降福那個逐漸消失的城市，那個黛西曾經吞氣吐息的地方。他絕望地伸出一隻手來，似乎只想攫住一小撮空氣，想留下一小塊那個曾經因為她而美麗的地方。但是在他模糊的雙眼前，一切都移動得太快，他知道自己已經失去那最新最好的一部分。永遠失去了。

　　當我們吃完早餐走到外面陽台時，已經九點了。過了一夜，天候已經截然不同，空氣裡有了秋天的味道。蓋茨比以前的僕人中唯一留下的園丁，來到了台階底下。

　　「先生，今天游泳池要清理排水了。很快就會開始有落葉，到時候水管就會有一大堆的問題。」

　　「今天先不要動。」蓋茨比回答。他帶著歉意轉身對我說。「你知道嗎？老兄。我整個夏天都沒有用到那個游泳池。」

　　我看了看手錶，站起身來。

　　「還有十二分鐘我的車就要開了。」

　　我並不想進城。我今天肯定做不了什麼事情，而且更重要的是——我不想丟下蓋茨比。錯過了那班車，又錯了第二班之後，我才決定離開。

　　「我再打電話給你。」我終於說了。

　　「好的，老兄。」

　　「中午左右打給你。」

我們慢慢地走下台階。

「我想黛西也會打來。」他焦慮地看著我,好像希望我能附和這個說法。

「我想會吧!」

「那麼再見了。」

我們握過手之後,我就走了。快走到樹籬的時候,像是想到了什麼,便轉過身去。

「他們那些人全部都是混蛋。」我隔著草坪喊道,「那群混帳們全部加起來也沒有你強。」

一直很慶幸我這麼說了。那是我給過他唯一的讚賞,因為自始至終我都不認同他。起先他客氣地點點頭,隨後他的臉上突然露出迷人的燦爛笑容,好像我們倆對這件事一直就有共識。他那件漂亮的粉紅色外衣在白色的階梯前,顯得特別亮麗搶眼,我想起了三個月前,第一次來到他這棟別墅的那天晚上。當時草坪和車道上擠滿了人,大家都臆測著他有多麼墮落。而他就站在那排階梯上,向眾人揮手道別,內心裡隱藏著他那純潔的夢。

我謝謝他的款待。我們總是這麼謝他的——我以及其他人。

「再見了,」我喊著:「謝謝你的早餐,蓋茨比。」

在紐約市區裡,我努力想列出數不清的股票行情,做著做著就

在辦公椅上睡著了。近午時，被電話鈴聲吵醒，我不禁嚇得跳起來，額頭上冒出一片汗水。是喬丹‧貝克，她經常在這時間打電話來，因為她總是行蹤不定，也許在飯店，也許在俱樂部或是在某人家中，若不如此便很難找得到她。通常電話那頭傳來的聲音，總帶點清新的感覺，就像高爾夫球場上的一小塊綠色草皮，從辦公室窗口飛了進來。但是這天早上，她的聲音卻乾硬刺耳。

「我離開黛西家了。」她說：「我現在在亨普斯特，下午就下南安普敦。」

離開黛西家或許是明智之舉，但我還是覺得厭煩，而接下來的一句話，更是讓我全身僵住了。

「昨天晚上你對我不太好哦！」

「昨天那個情形，有什麼關係呢？」

她沉默了半晌，又說：「反正，我還是想見你。」

「我也想見妳。」

「那我不去南安普敦了，下午進城來好不好？」

「不行……我想今天下午不行。」

「那好吧！」

「今天下午真的不行。有好多……」

　　我們就這樣聊了一會，忽然間竟無話可說。不知道我們倆是誰先用力掛上電話的，我只知道自己不在乎。那天下午就是不可能與她面對面喝茶聊天，即使這輩子再也不能和她說話也一樣。

　　幾分鐘後我打電話到蓋茨比家，但是電話佔線。之後又試了四次，最後總機才忿忿地告訴我說這條電話線只接底特律打來的長途電話。我拿出時刻表，在三點五十分那班列車的地方畫了一個小圈，然後躺靠在椅背上，試著整理一下思緒。這時才中午十二點。

　　那天上午搭車經過垃圾堆時，我刻意坐到車廂的另一邊。我想那裡一定是一整天都包圍著好奇的群眾，有小男孩在塵土裡搜尋發黑的血跡，還有某個多嘴的人一遍又一遍地複述車禍經過，他會一直說到連他都開始覺得不真實、說不下去了，大家才能夠忘記梅朵・威爾森這番悲劇性的結果。現在我想往回推一點，說說前一天晚上我們離開之後，修車廠裡發生了什麼事情。

　　他們一直找不到死者的妹妹凱瑟琳。那天晚上她一定是破戒喝了酒，因為她到時，已經醉得糊裡糊塗，怎麼也聽不懂救護車已經開往佛拉興區了。他們好不容易讓她明白後，她馬上就昏死過去，好像這整件事最令她無法忍受的就是這個。有個人不知是出於善意或是好奇，讓她坐上了車，便載著她追她姊姊的屍體去了。

　　午夜過了許久，還是有大批人潮來來去去，把修車廠的門口團團圍住。而喬治・威爾森則坐在裡面的沙發上，身體前後搖晃著。有一陣子辦公室的門是開著的，每個進入修車廠的人都忍不住往裡頭瞧一眼，最後有人說這樣太過分了，便將門關上，由米凱利斯和另外幾個人陪著他。起先有四、五個人，後來剩下兩三個，又過了

一會，米凱利斯只得請最後留下的那位陌生人再多等十五分鐘，好讓他回店裡煮一壺咖啡。之後，他便獨自在車廠陪著威爾森直到天亮。

大約三點左右，威爾森不再喃喃地胡言亂語，他變得安靜些，並且開始說起了那部黃色車子。他說他有辦法找出黃色車子的車主，接著他忽然脫口說出幾個月前，他老婆曾經瘀青著臉、腫著鼻子從紐約回來。

可是一聽自己這麼說，他卻畏縮了，又開始用呻吟的聲音喊著：「喔，我的天哪！」米凱利斯想轉移他的注意力，但方法有點笨拙。

「你結婚多久了？喬治。好啦！拜託你安靜坐著，回答問題。你結婚多久了？」

「十二年了。」

「有小孩嗎？喬治，拜託你坐正……我在問你呢！你有沒有小孩？」

褐色的硬殼甲蟲不斷飛撞黯淡的燈泡，每回米凱利斯聽見外頭路上有車呼嘯而過，總覺得那就是幾個小時前沒有停下來的那輛車。他不想走進修車廠，因為剛才放屍體的工作台上沾了血跡，於是只能在辦公室裡不安地轉來轉去。天還沒亮，他就把裡頭的東西記得一清二楚了。他偶爾會坐到威爾森旁邊，試圖安撫他的情緒。

「你會不會有時候上教堂去啊？喬治，就算很沒去了也沒關係。說不定我可以打電話到教堂請一個牧師過來，讓他和你談談，

對吧？」

「沒上什麼教堂。」

「總會有一個吧！喬治，像這種時候就需要的。你一定去過教堂。難道你不是在教堂結婚的嗎？喬治，你聽我說。你不是在教堂結婚的嗎？」

「那已經是很久以前的事了。」

為了回答問題，威爾森搖晃的節奏給打亂了，他安靜了好一會。然後，黯淡無光的眼珠子又恢復了原來那半清醒、半懵懂的神情。

「拉開那個抽屜看看。」他指著桌子說。

「哪個抽屜？」

「那個抽屜，那邊那個。」

米凱利斯打開最靠近手邊的抽屜。裡頭空空的，只有一條用來拴狗的短皮帶，還鑲著銀邊，看起來很昂貴，而且也挺新的。

「這個嗎？」他拿起皮帶問道。

威爾森瞅了一眼，點點頭。

「那是我昨天下午發現的。她想要向我解釋，可是我知道這裡頭有蹊蹺。」

「你是說這是你老婆買的？」

「她把它用包裝紙包起來放在梳妝台上。」

米凱利斯看不出有何可疑之處，威爾森的老婆買這條皮帶，可能有很多原因，他一說就說了十幾個。但是威爾森想必已經從梅朵的口中，聽過幾個同樣的理由，所以他又開始低聲呻吟：「喔，我的天哪！」米凱利斯還想到幾個理由，沒有說出口。但見狀也就不再說了。

「然後他就把她弄死了。」威爾森說。他的嘴巴忽然張得開開的。

「誰啊？」

「我有辦法找出來。」

「你別嚇我了，喬治。」陪著他的朋友說。「這件事對你的打擊太大，所以才會這樣語無倫次。你最好安安靜靜地坐到天亮！」

「他害死了她。」

「那是一場意外，喬治。」

威爾森搖搖頭。他瞇起眼睛，嘴巴微微張開，還似乎帶點不屑地「哼」了一聲。

「我知道。」他堅決地說。「我是很信任別人的，從來就沒有想過要傷害誰，可是只要是我知道的事情，就錯不了。就是那輛車子裡的那個男人。她跑出去想和他說話，可是他不肯停下來。」

米凱利斯也看出了這點，可是他並沒有想到其中有任何特殊的含意。他以為威爾森的老婆只是從丈夫身邊跑開，而不是想攔下哪一輛車。

「她怎麼會這樣？」

「她很狡猾的。」威爾森說，有點答非所問。「哎呀……」

他又開始搖晃起來，而米凱利斯則站在一旁，手裡絞著那條皮帶。

「你總該有個朋友吧？喬治。我幫你打電話找他們。」

這個可能性實在微乎其微，他幾乎可以確定威爾森是一個朋友也沒有，光是他老婆都已經讓他應付不來了。又過了片刻，他發現房間裡有了改變，窗邊開始轉藍，心下不由得高興起來，因為天就快亮了。五點鐘左右外頭天色已經夠藍，可以關燈了。

威爾森呆滯的雙眼轉而望向外面的垃圾堆，那裡有一小朵一小朵奇形怪狀的灰雲，隨著微微的晨風飄來飄去。

「我就對她說了。」他沉默了好一陣子，低低地說：「我對她說她也許騙得了我，可是她騙不了上帝。我把她帶到窗邊。」他費力地站起來，走到後面的窗子旁邊，把臉貼在玻璃上。「我跟她說：『妳幹了什麼事上帝都知道，每件事祂都知道。妳可以騙得了我，可是妳騙不了上帝！』」

米凱利斯站在他身後不由得大吃一驚，因為他發現威爾森正盯

著艾科柏格醫師的眼睛看。那雙蒼白而巨大的眼睛，剛剛才從逐漸
退去的夜色中浮現出來。

「上帝什麼都看得見。」威爾森反覆地說。

「那是廣告看板。」米凱利斯試圖想要說服他。不知道為什麼
他忽然從窗邊轉身，重新往屋裡看。但是威爾森卻在那站了好久，
他的臉靠在窗邊，朝黎明的天色點著頭。

到了六點時，米凱利斯已經累壞了，聽到外頭有人停車的聲音
著實慶幸不已。那是前一天晚上的其中一名圍觀者，允諾了要回來，
因此他煮了三人份的早餐，但只有他和另外那人一道吃。威爾森已
經安靜了些，米凱利斯便回家去睡覺。當他睡了四個小時醒來，匆
匆趕回修車廠時，威爾森已經不見了。

後來追溯他的動向——他一直都是徒步，先是到羅斯福港，接
著是蓋德山，在那裡買了一份三明治和一杯咖啡，結果三明治也沒
有吃。他大概是累了，而且走得很慢，因為直到中午他才走到蓋德
山。目前為止還不難掌握他的行蹤——有幾個男孩看見一個「有點
瘋瘋癲癲的人」，還有開車的人說他在路邊用怪異的眼神瞪著他們
看。接下來的三個小時，他便不見蹤影了。警察根據他對米凱利斯
的說詞，說他「有辦法找出來」，猜想他這段時間應該是遊走在各
個車廠之間，查詢一輛黃色的車子。但卻沒有任何車廠的人見他來
過，也許他有更簡單、更確實的方法，可以找出他想知道的答案吧！
兩點半時，他人已經到了西卵，還向人打聽蓋茨比的住處。也就是
說，這時候他已經知道蓋茨比的名字了。

　　到了兩點，蓋茨比穿上了泳衣，並吩咐管家要是有人打電話來，就馬上到游泳池來通知他。他到車庫去拿一個夏天裡供客人戲水用的氣墊，司機幫著他充氣。然後蓋茨比下了一道命令——無論發生什麼事都不准下人把敞篷車開出去。這點很奇怪，因為右前方的擋泥板該修一修了。

　　蓋茨比扛著氣墊，走向游泳池。有一會他停下來把氣墊挪動了一下，司機問他需不需要幫忙，但他搖搖頭，沒多久就消失在逐漸轉黃的枝椏之間。

　　電話始終沒有響，不過管家還是沒有午睡，一直等到四點鐘，這時候就算有電話打進來，也不會有人接了。我覺得蓋茨比自己都不相信會有電話，也或許他已經不在意。若果真像我所想，他一定感覺到自己已經失去了從前那個溫暖的世界，也感覺到自己帶著唯一的夢想活了太久、付出了太高的代價。他想必是抬起了頭，透過駭人的樹葉看著一片陌生的天空而忍不住顫抖。因為他發現玫瑰是多麼怪誕的一樣東西，而陽光又是多麼嚴酷地照在幾乎還沒有冒出頭的青草上。一個新世界，既有形又不真實，在這個世界裡，可憐的幽靈像呼吸空氣一般地呼吸著夢想，毫無目的地飄零遊蕩……就像那個灰白而怪異的人形，從模糊的樹林間悄悄向他逼近。

　　司機——他是沃夫辛手底下的人——聽見了槍聲，後來他只記得聽到響聲，但是當時並未多想。我從車站招了車就往蓋茨比家去，直到我慌忙奔上前門台階時，才驚動了他們。不過他們當時就已經知道了，這點我絕對相信。我們四人，司機、管家、園丁和我，幾乎都不發一語，匆匆趕往游泳池畔。

　　池水從一邊的出水口急急地流往另一邊的排水口，水面上起了微微的波動，幾乎難以察覺。載重的氣墊在水池裡沒有方向地移動著，泛起了小小的漣漪，小得幾乎連水波都算不上。氣墊載著意外的負擔漂漂蕩蕩，一陣連水面都吹不皺的微風，卻已經足以改變它意外的漂流行程。後來碰到一簇樹葉，氣墊開始緩緩地打轉，在水上繞出一個紅色細圈，像拖著尾巴般。

　　我們扛起蓋茨比的屍體走向屋子時，園丁在不遠處的草地裡瞥見了威爾森的屍體，這場大屠殺總算是落幕了。

NINE

蓋茨比相信那盞綠光，相信那是一個能夠
滿足他慾念的未來，只不過這個未來卻是一年又
一年地在我們眼前倒退。未來曾經從我們手中溜
走，但無所謂，因為明天我們會跑得更快，我們
的手臂會伸得更長⋯⋯

兩年過後，那天下午、那天晚上和第二天在我腦中所留下的印象，就只有警察、攝影師和記者不斷進出蓋茨比家的大門，反覆地詢問與拍照。大門上拉起了繩子，有一名警察站在一旁不讓好奇的群眾靠近，不過孩子們很快就發現他們可以從我的院子繞進去，因此總會有幾個擠在游泳池旁、嚇得目瞪口呆的小男孩。那天下午，有個十分有自信的人——也許是個偵探吧——俯身觀看威爾森的屍體時，用了「瘋子」這個字眼。由於他的聲音稍微帶著點權威，因此他的話成了隔天新聞報導的主要根據了。

那些報導大多像場夢魘，充滿了怪誕、荒唐、臆測與不實的說法。當米凱利斯接受偵訊，吐露了威爾森對老婆的懷疑時，我以為整件事很快就會被渲染成一篇既猥褻又諷刺的故事。可是原本可以說些什麼的凱瑟琳，居然一個字也沒有透露。她倒是挺有個性的，在她修過的眉毛底下，那一雙眼睛透著堅毅的神色，口中信誓旦旦地說姊姊從來沒有見過蓋茨比，說她姊姊和姊夫的婚姻非常美滿，說她姊姊從沒有任何不軌的行為，甚至連她都被自己給說服了，還哭得一把鼻涕一把眼淚，好像實在無法忍受別人如此想入非非。於是威爾森便成了「因憂鬱過度而精神錯亂」的人，這樣才不至於使案情太過複雜。而案子也就這麼了結了。

不過，這些過程似乎都是無關緊要的細節。我發現自己是站在蓋茨比這邊的，而且只有我一人。打從我打電話到西卵鎮上告知這場悲劇開始，每一項關於他的臆測和每一個實際的問題，都會牽扯到我。起初我覺得驚訝、困惑，後來見時間一點一點地過去，而他還是一動也不動地躺在屋子裡，沒有呼吸也不能說話，才漸漸領悟到我必須要負責，因為沒有其他人感興趣。我的意思是，每個人死

後多少都會有人來表示強烈的關心，但是他卻沒有。

　　發現他的屍體過後半個小時，我打了電話給黛西，僅憑著一股直覺毫不遲疑地就打給她了。可是當天下午事件發生前，她和湯姆便已經離開，帶著行李走了。

　　「沒有留下聯絡地址嗎？」

　　「沒有。」

　　「有沒有說什麼時候回來？」

　　「沒有。」

　　「曉不曉得他們可能會上哪去？怎麼樣能聯絡到他們？」

　　「我不知道。說不準的。」

　　我想幫他找個人來。我甚至想要走進他躺著的房間，向他保證：「我會幫你找個人來的，蓋茨比。你放心。一切交給我，我會幫你找個人來的……」

　　電話簿沒有列出梅爾‧沃夫辛的名字。管家給了我他位於百老匯辦公室的地址，我問了查號台，但當我查到號碼時早已過了五點，已經沒人接電話了。

　　「你可不可以再打一次？」

　　「我已經打三次了。」

「我有很重要的事。」

「對不起,我想那裡已經沒有人了。」

我又回到客廳,看見裡頭忽然擠滿了人,一時還以為來了意外的訪客,後來才知道原來是調查人員。他們拉開被單,驚訝地看著蓋茨比。我腦子裡仍聽得見他一次又一次地對我說:

「喂,老兄啊!你一定得幫我找個人來。你要認真地找。別讓我一個人孤單地走。」

這時忽然有個人對著我問起問題,但我擺脫了他跑到樓上,倉皇地翻找著蓋茨比書桌沒有上鎖的抽屜,他從來沒有肯定地告訴過我他的雙親是否已經過世。但什麼也沒找到,只有丹·寇迪的肖像從牆上往下瞧,象徵著遭遺忘的暴力。

第二天早上,我讓管家送封信到紐約給沃夫辛,希望他能提供一點消息,並請他搭下一班車出城來。寫這個要求時我認為是多此一舉,因為我相信他一看到報紙就會動身前來,而我也相信中午以前就能收到黛西的電報。然而,既沒有電報,沃夫辛先生也沒有出現。除了來了更多的警察、攝影師和記者之外,誰也沒有出現。當管家帶回沃夫辛的答覆,我開始有一種和蓋茨比同仇敵愾的感覺,我們要一起對抗所有的人。

卡拉威先生惠鑒:

驚聞噩耗有如晴天霹靂,一時實難置信。此人的瘋狂行為確應令吾等深省。敝人此刻因要務纏身,不克趨臨。日後若有效勞

之處，還望由艾德加帶信告知為何。聞訊哀慟欲絕，不知所以。耑此奉慰。

　　順祝近安

　　梅爾·沃夫辛敬啟

底下又匆匆附帶一筆：

再者喪葬事宜請告知，他的家人對此一無所知。

　　那天下午電話鈴響，長途台接線生說是芝加哥來電，我以為黛西終於有消息了，但是電話接通後卻是男人的聲音，聲音很細、很遙遠。

　　「我是史雷哥……」

　　「喂？」這個名字我沒有聽過。

　　「那封信夠嚇人的吧？收到我的電報了嗎？」

　　「一封電報都沒有。」

　　「小帕克出事了。」他說得很急：「他在櫃台交股票的時候被逮住了。他們是在五分鐘前收到紐約的公文知道號碼的。厲害到這種地步，哦？在我們這種鄉下地方怎麼也想不到……」

　　「喂！」我焦急地插話：「你聽我說……我不是蓋茨比。蓋茨比先生死了。」

電話線那頭安靜了好些時候，接著突然傳來一聲驚叫⋯⋯然後，很快地咯喇一聲就斷線了。

我想大概是在第三天，明尼蘇達州的某個小鎮來了一封電報，署名亨利·C·蓋茲。上頭只說發電報的人會立刻出發，請將葬禮延到他來了再舉行。

那是蓋茨比的父親，一個神情嚴肅的老人。他顯得非常無助且驚慌——在暖和的九月天裡，還裹著一件又長又厚的廉價大衣。他由於十分激動，眼中不斷淌出淚來。當我從他手中接過袋子和雨傘後，他開始扯自己稀疏花白的鬍子，就連要幫他脫下外套都很困難。他已經瀕臨崩潰，因此我便帶他到音樂室讓他坐下，另外又遣人送了點吃的過來。但是他不肯吃東西，那杯牛奶在他顫抖不止的手中都灑出來了。

「我在芝加哥的報紙上看到消息。」他說，「芝加哥的報紙寫得一清二楚。我看到消息馬上就出發了。」

「我不知道怎麼聯絡您。」

他空洞無神的眼珠不斷地在房裡四下轉來轉去。

「是個瘋子。」他說，「那個人一定是瘋了。」

「你不喝點咖啡嗎？」我勸著他。

「我什麼都不要。我現在沒事了，你是⋯⋯」

「我姓卡拉威。」

「好了，我已經沒事了。吉米在哪？」

　　我把他帶到停放他兒子遺體的客廳，讓他留下。有幾個小男孩已經爬上了台階，正往玄關裡頭張望。我告訴他們誰來了以後，他們才心不甘情不願地走開。

　　過了一會，蓋茲先生開門走出來，他的嘴巴半開，臉頰微微漲紅，眼中不時滲出幾滴淚珠。到了他這把年紀，對死亡已經不再感到驚恐。這時他第一次正眼瞧了瞧四周，見到富麗堂皇的玄關以及藉由玄關相通的幾間大廳時，原本憂傷的心也開始感到一絲絲的驚愕與驕傲。我扶著他到樓上的一間臥室去。他脫下外衣與背心之後，我對他說一切相關事宜都延後了，就等著他來決定。

　　「我不知道您有什麼打算，蓋茨比先生……」

　　「我姓蓋茲。」

　　「……蓋茲先生。我想您也許打算把遺體運回西部吧！」

　　他搖搖頭。

　　「吉米一直以來就比較喜歡東部。他也是在東部奮鬥才有現在的成就。你是我兒子的朋友嗎，呃……什麼先生來著？」

　　「我們是好朋友。」

　　「他本來還有大好的前程等著他，你也知道的。他年紀雖然很

輕，可是腦子這裡卻很有東西。」

他很認真地碰碰自己的腦袋，我也點了點頭。

「他要是不死，以後一定是個大人物，一個和詹姆斯・J・希爾一樣的人物。他會對國家的建設很有貢獻的。」

「是啊！」我說，心裡有些不自在。

他拉扯織錦床罩，想把它從床上拉下來，接著他直挺挺地躺了下來，一躺下就睡著了。

當天晚上有人來了電話，他顯然很害怕，堅持要先知道我是誰之後，才肯透露姓名。

「我姓卡拉威。」我說。

「喔！」他似乎鬆了口氣。「我是克利史賓格。」

我也鬆了一口氣，因為似乎又多了一個可能出現在蓋茨比葬禮上的朋友。我不想登報引來一大堆看熱鬧的群眾，所以親自打了幾通電話。可是這些人不容易找。

「葬禮就在明天。」我說，「三點鐘，在家裡舉行。要是有人有意思參加的話，希望你能轉達。」

「喔，我會的。」他匆忙地說：「當然了，我是不太可能碰到什麼人的，不過若有碰到的話，我會的。」

他的口氣讓我起了疑心。

「想必你本人會來吧？」

「呃……我一定盡量趕到。我打電話來是為了……」

「等一等。」我打斷他的話。「能不能確定地說你會來？」

「呃，事實上……事情是這樣的，我現在住在格林威治的朋友家裡，他們很希望明天我能陪他們。老實說，就是野餐之類的活動。當然了，我會盡量脫身的。」

我情不自禁地「哼」了一聲，他一定是聽到了，便緊張兮兮地接著說：「我打電話來是因為我留了一雙鞋子在那裡。不曉得能不能麻煩管家幫我寄回來。那是一雙網球鞋，少了這雙鞋還真有點不方便。你們可以寄給我一個朋友讓他轉交，他叫做……」

我沒有聽完他的全名，就把電話給掛了。

在這之後我替蓋茨比感到有些羞恥。因為我又打了電話給某位先生，聽他的意思，似乎認為蓋茨比是罪有應得。不過，這應該算是我的錯，因為當初有一些人常常藉著蓋茨比的酒壯膽，然後對主人毫不留情地大肆批評，而他正是其中之一。所以我早該想到不應該找他的。

喪禮那天早上，我上紐約去找沃夫辛，否則似乎也沒有其他辦法可以找到他了。我聽了電梯小弟的指點，推開一扇掛著「投資公司」招牌的門，進去之後裡頭好像一個人也沒有。我喊了幾聲：「有

人在嗎？」沒有人回應。這時裡面的隔間忽然傳出爭吵聲，不久便有一個漂亮的猶太女人，從一道內門走出來。一雙黑色的眼睛滿含敵意地打量我。

「沒有人在。」她說，「沃夫辛先生到芝加哥去了。」

她的話顯然不老實，因為裡面已經有人用口哨吹起了「念珠串」，還走音走得厲害。

「請妳告訴他是卡拉威先生要見他。」

「我怎麼把他從芝加哥弄回來啊？」

這時候門的另一邊有人喊了一聲：「史黛拉！」就是沃夫辛的聲音錯不了。

「把你的名字寫下來放在桌上，」她很快地說。「等他回來我再拿給他。」

「可是我知道他在這裡。」

她朝著我跨了一步，兩隻手扠著腰上上下下地滑動，顯得極為憤怒。

「你們這些年輕人把這裡當什麼地方了，愛闖進來就闖進來，」她罵道。「我們已經受夠了。我說他在芝加哥，他就在芝加哥。」

我提了蓋茨比的名字。

「噢！」她又從頭到腳打量了我一番。「你可不可以……你說你叫什麼？」

她一轉眼就不見了。過了片刻，沃夫辛一本正經地站到了門口，兩手張得開開的。他把我拉進他的辦公室，一面用虔敬的聲音說這樣的時刻大家都很難過，並遞給我一支雪茄。

「我還記得我第一次遇見他的情形。」他說：「一個剛退伍的年輕少校，胸前掛滿了戰爭期間得來的勳章。他那時候很窮，窮到沒有錢買便服，只好一直穿著軍裝。那天他走進第四十三街上韋恩布雷納開的撞球間，想找工作，那是我第一次看到他。他已經好幾天沒有吃東西了。『跟我一起吃午飯吧！』我說。才半個小時，他就吃掉了四塊多錢的東西。」

「是你協助他創業的嗎？」我問道。

「協助他？是我造就他的。」

「喔。」

「我讓他從無到有，讓他從貧民窟裡一躍升天。我看得出他是個儀表英挺、有紳士風度的年輕人。當他告訴我他上過『牛津』，我就知道可以大大地重用他。我讓他加入退伍軍人協會，在協會裡他也一直風評很好。接著便替我在亞伯尼的一個客戶那邊做了點事。無論我們做什麼，關係都很密切，」他用兩隻圓渾的指頭打了手勢。「形影不離。」

我心想：不知道他們的合作關係，是不是也包括一九一九年世

界聯賽的弊案在內？

「現在他死了。」過了一會，我說：「你是他最親近的朋友，所以我知道今天下午你應該會來參加他的葬禮。」

「我是很想去。」

「那麼就來呀！」

他的鼻毛微微顫動，當他搖著頭時，眼中也充滿了淚水。

「我辦不到……我不想牽扯進去。」他說。

「已經沒有什麼可牽扯的了。事情都過去了。」

「只要事關人命，我就不想和整件事有任何瓜葛，我要置身事外。年輕的時候不一樣……只要有朋友死了，不管怎麼樣，我都會陪他們撐到最後。你也許會覺得我意氣用事吧！不過我是說真的──捨命陪到底。」

我看得出來他為了某種個人的因素，決定不去了，於是我便站起身來。

「你是大學生嗎？」他忽然問道。

有一會，我還以為他又想介紹什麼「蒙路」，不過他只點了點頭，並和我握握手。

「我們該學會一件事，朋友在世時，就該對他好一點，不要等

222

他死了才表達善意。」他建議道,「至於人死了以後,我的原則就是什麼事都別管。」

走出他辦公室的時候,天轉陰了,當我回到西卵,已經下起毛毛雨。我先回家換了衣服才到隔壁去,卻發現蓋茲先生正興奮地在玄關裡走來走去。他對兒子和兒子的財產愈來愈感到驕傲,這時還想讓我看點東西。

「吉米寄了這張照片給我。」他顫抖著手拿出皮夾:「你看。」

那是這棟別墅的照片,角落有些破損,而且由於很多人拿過,照片已經弄髒了。他熱切地向我指出每一處細節。一句句「你看!」說完便盯著我的眼睛,看看我有無豔羨之意。我想他拿出來炫耀的次數實在太過頻繁,也許這張照片對他而言已經比房子本身更真實了。

「吉米寄給我的。我覺得拍得好美,清清楚楚的。」

「是很好。你前一陣子有沒有見過他?」

「兩年前他來看過我,還幫我買了我現在住的那棟房子。沒錯,他逃家那次我們都很傷心,可是我現在明白了,他有自己的苦衷,吉米知道自己會有大好的前程。而且自從他發達後,也一直對我很慷慨。」

他好像捨不得把照片收起來,一直拿在我眼前要我看。後來他收起皮夾,又從口袋裡掏出一本破爛的舊書,書名叫「牛仔卡西迪」。

「你看，這是他小時候看的一本書。可不是一看就明白了嘛！」

他打開書本封底，反過來給我看。在最後的扉頁上工整地寫著「作息表」三個字，以及日期「1906年，9月12日」。底下列著：

上午六點 起床

上午六點十五分 啞鈴與爬牆練習

上午七點十五分至八點十五分 學習電學等等

上午八點三十分至下午四點三十分 工作

下午四點三十分至五點 棒球與其他運動

下午五點至六點 練習演說、儀態與如何達到標準

下午七點至九點 研究必要的發明

一般守則

不再到沙夫特或（某家店名，字跡有點模糊）浪費時間

不再抽菸或嚼口香糖

每兩天洗一次澡

每個禮拜讀一本有益的書或雜誌

每個禮拜存~~五美元~~三美元

對父母親好一點

「我是無意中發現這本書的。」老人家說：「一看就明白了，是不是？」

「一看就明白了。」

「我就知道吉米一定會出人頭地。他老是會這樣約束自己什麼的。你有沒有注意到他是多努力地充實自己的內涵？這方面他向來很在行。有一次他對我說我的吃相像豬一樣，我還把他痛打了一頓。」

他捨不得將書闔上，於是將每個項目大聲地唸出來，然後以熱切的眼光望著我。我想他很希望我能抄下來以供自用。

近三點時，佛拉興來的路德教會牧師到了，我也不自主地開始往窗外看，等著其他車輛到來，蓋茨比的父親也一樣。當時間慢慢過去，僕人紛紛進到屋內站在玄關等候時，他的眼睛焦急地眨個不停。說起這場雨，口氣裡顯得很擔憂，不知還要下多久。牧師瞄了好幾次手錶，我只得將他帶到一旁，請他再等半個小時。可是沒有用。還是沒有人來。

五點左右，我們三輛車組成的車隊，到達了墓園，停在大門旁，此時的毛毛雨已經變大。第一輛是又黑又溼的靈柩車，接著是蓋茲先生、牧師和我搭的轎車，再往後則有四、五名僕人和西卵的郵差搭著蓋茨比的旅行車，大家一下車就都全身溼透了。就在我們穿過

大門進入墓園時，我聽見有輛車停下來，又聽見有人追在我們後面，他踩著浸水的草地跑來，腳下的水花噗噗亂濺。我回頭一看，原來是戴起眼鏡活像貓頭鷹的那個人，還記得三個月前的某天晚上，我曾在蓋茨比的藏書室裡，看見他對著藏書讚嘆不已。

「誰也沒能趕來。」

「真的！」他驚訝地大叫。「老天啊！以前總有好幾百人到他那裡去。」

他取下眼鏡，裡裡外外又擦了一遍。

「真他媽的可憐！」他說。

我記憶中最清楚的一幕，就是以前念私立中學以及後來念大學的時候，每年聖誕節回西部的情景。十二月某天的傍晚六點鐘，那些還要從芝加哥往西走的學生總會聚集在老舊晦暗的聯合車站，和幾個在芝加哥下車的朋友匆匆道別，這些朋友早已感染節慶歡樂的氣氛。我還記得要從某私立女校回家的那些女孩，身上穿著貂皮大衣，吐著凍僵的氣息喋喋不休；記得大家一見到熟人就高舉著手揮舞，彼此互相詢問赴宴的情形：「你會到歐德威家去嗎？赫希家呢？舒茲家呢？」；也記得我們戴著手套的手裡，緊緊抓著那張長長的綠色車票。最後還記得芝加哥、密爾瓦基與聖保羅鐵路的車子，那一節節模糊的黃色車廂停在剪票口旁的鐵軌上，看起來也充滿了聖誕節的喜氣。

當列車啟動駛進冬夜裡，真正的雪——屬於我們的雪，開始在

我們身邊伸展開來，隔著車窗閃閃發亮，威斯康辛沿途小車站幽微的燈光一一掠過窗前，這時忽然有一股凜冽的寒氣襲來。吃過晚飯我們從餐車往回走，經過連廊時，不由得深深呼吸了幾口冰冷的空氣。在這奇妙的一個小時裡，回鄉的意識特別濃厚，而不久我們便將再度成為其中不可辨識的一份子了。

那是我的中西部故鄉，不是麥田，不是草原，也不是瑞典移民的荒僻城鎮，而是我年少時代帶著激動心情返家所搭的火車。霜寒夜裡的街燈和雪車鈴聲，以及燈光射出窗外將冬青花圈投射在雪地上的黑影，我是那其中的一部分。想起那些長長的冬日，有一點肅默；想起自己生長在卡拉威家，又有一點得意。因為在這個城裡的宅子，幾十年來都冠著家族的姓氏。我現在明白了，其實這一切不過就是一段西部的故事──湯姆和蓋茨比，黛西、喬丹和我，我們都是西部人，也許我們都缺少了些什麼，才會如此莫名其妙地無法適應東部的生活。

即使我曾經對東部抱著極大幻想，即使我曾經敏銳地意識到和俄亥俄以西的城鎮比較起來，東部是要優越得多。因為那些西部城鎮不但零星雜亂、生活無聊，而且居民視野狹隘，一天到晚對人品頭論足的，只有小孩和老人能逃過一劫。即使如此，我還是一直覺得東部有一種扭曲的特性。尤其是西卵，在我許多離奇怪異的夢中總是有它。我覺得它就像葛里訶筆下的夜景──上百棟既傳統又怪誕的房子，蜷伏在一片陰沉沉、壓得低低的天空和一枚黯淡無光的月亮底下。背景前面有四個穿著禮服、表情嚴肅的男人，抬著擔架走在人行道上，擔架上躺了一個身穿白色晚禮服、爛醉如泥的女人。她一隻手垂在擔架旁晃來晃去，手上閃耀著珠寶冷冷的光芒。四個

男人板著臉轉進一間房子——這不是他們要找的房子。但是沒有人知道這女人叫什麼，也沒有人在乎。

蓋茨比死後，我眼裡的東部就成了這副德行，扭曲變形到再也看不清楚。因此，當空氣中揚起燃燒枯葉的藍煙、晾衣繩上的溼衣服被寒風吹得僵硬時，我便決定返家。

離開之前，還有一件事要做——一件令人覺得窘迫、不舒服的事情。也許不管它會好一些，可是我想把所有的事情交代得清清楚楚，不想把爛攤子就這麼丟進來者不拒、無所不容的大海裡任其沉浮。於是我去見了喬丹‧貝克，和她仔細談論了我們一起經歷過的事，以及後來發生在我身上的事。她一動也不動地躺在一張大椅子上，認真地聽著。

她穿著高爾夫球裝——我記得我曾覺得她像一幅很美的插圖——下頦有點做作地抬起，頭髮的顏色有如秋葉，臉則和膝蓋上那副截指手套一樣有著棕褐的色調。我說完之後，她沒有反應，只告訴我她已經和別人訂婚了。雖然她身邊有好幾個對象，只要她一點頭就能馬上結婚，可我並不相信她的話，不過還是故意裝出驚訝的表情。有那麼一瞬間，我不禁懷疑是自己做錯了，但很快地轉念一想，還是起身告辭。

「老實說，的確是你把我甩了。」喬丹出其不意地說：「你在電話上把我甩了。現在我已經不在乎你，不過那對我來說倒是個新的經驗，可讓我暈陶陶了好一陣子。」

我們握了握手。

「對了，你還記得……」她追問了一句，「有一次我們提到開車的事嗎？」

「呃……不太記得了。」

「你說粗心的司機，一碰上另一個粗心的司機，就會出事。記得嗎？是啊！我不就碰上另一個差勁的司機了嗎？其實也是我太不小心，才會看錯人。我還以為你是個直性子、有話直說的人。我還以為這是你心裡最引以為傲的呢！」

「我已經三十歲了。」我說。「已經不是五年前的我，不能再以欺騙自己為榮了。」

她沒有答腔。我轉身走了，帶著一半憤怒、一半愛她卻又非常遺憾的心情走了。

十月底有一天下午，我在第五大道上見到湯姆‧布坎南。他走在我前面，行動還是那麼敏捷、那麼精力充沛，他的兩隻手微微撐開，一副在足球場上要擊退對方防衛球員的架式，他的頭也配合著浮躁的眼神急速地左擺右晃。我慢下腳步不想超過他，他卻也停了下來，皺著眉頭往一間珠寶店的櫥窗裡觀望。忽然間，他看見了我，便往回走，同時伸出手來要和我握手。

「怎麼了？尼克，你不肯和我握手嗎？」

「是的，你知道我對你的看法。」

「你真是瘋了，尼克。」他馬上就說：「瘋到家了。我真搞不

懂你怎麼回事。」

「湯姆，」我問道，「那天下午你對威爾森說了些什麼？」

見他瞪著我一言不發，我就知道那幾個小時空檔所發生的事，果然被我料中了。我轉身就想走，可是他跨上前來，一把抓住我的胳膊。

「我對他說的都是實話。」他說：「他到我家的時候我們正準備好要離開，我叫下人告訴他我們不在，他竟然想闖到樓上來。他根本已經失去理智，我要是不說出車主是誰，一定會被他給殺了。他一進到屋裡，手就一直按著口袋裡的手槍……」這時他口氣一轉，挑釁地說：「就算我跟他說了又如何？那傢伙是自找的。他耍你就像他耍黛西一樣，不過他也夠狠的，把梅朵像狗一樣輾過去，車子連停都沒停。」

我啞口無言，只能告訴他事實並非如此，卻又說不出口。

「你別以為我就不痛苦……告訴你吧！我去退掉那一間公寓的時候，看見他媽的那盒狗餅乾放在餐具櫥裡，我一屁股坐下就哭了起來，就像個小孩子一樣。不騙你，真的很難過……」

我無法原諒他或喜歡他，但是我看得出來，他所做的一切對他而言都絕對合情合理。這一切都太大意也太混亂了。湯姆和黛西，他們都是粗心大意的人，他們把人和東西搞砸了就躲起來，躲到他們的金錢、他們的漠不關心，或者任何可以讓他們繼續在一起的事物背後，然後讓其他人替他們收拾殘局……

　　我和他握了手。不和他握手似乎有點可笑，因為我突然覺得自己就像在跟一個小孩子說話。然後他便走進珠寶店買珍珠項鍊，也或許只買了一對袖扣，再也不來理會我這個大驚小怪的鄉巴佬。

　　我走的時候，蓋茨比的別墅還空著，那草坪上的草已經長得和我差不多高了。鎮上有個計程車司機每回載客經過別墅的大門，總會停個一兩分鐘，朝裡頭指指點點，也許他就是車禍那天晚上，載著黛西和蓋茨比回東卵去的司機；也或許他對整件事自有一套說法，可是我卻不想聽，所以下了火車之後便盡量不搭他的車。

　　禮拜六的夜晚我都會在紐約度過。因為蓋茨比那些五光十色、眩目耀眼的宴會，一直還鮮明地印在我的腦中，我總還能聽見他的花園裡不斷傳來隱約的音樂聲與笑聲，以為還有車輛在他的車道上進進出出。有一天晚上，我確實聽到車子的聲音，也看到車燈照在蓋茨比的台階上。不過我沒有去查問——很可能只是最後造訪的一個客人，由於之前距離遙遠，所以不知道已經曲終人散了。

　　最後一夜，在行李打包完畢、車子也賣給了雜貨店老闆之後，我又走到隔壁，最後再看一次那棟巨大卻象徵失敗的宅子。不知道哪個小男孩用磚塊在白色的階梯上胡亂寫了句淫穢的髒話，映在月光下顯得格外醒目。我用腳將它抹去，鞋子拖過石面發出嘎嘎的響聲，然後逛到下頭的沙灘，伸展開四肢躺在沙地上。

　　現在海邊大部分的大別墅都關閉了，幾乎見不到燈光，只有一艘渡船忽忽的亮光往海灣對岸移動著。當月亮逐漸升高時，不起眼的房舍也開始隱沒，慢慢地我看出了這裡便是當年荷蘭航海家所發現那片鬱鬱蒼蒼的古老島岸——新大陸上一個充滿清新綠意的隆起

陸塊。昔日生長在這裡的樹木，後來為了建造蓋茨比的宅子而被砍掉了，曾經輕聲呢喃地應和著人類最終的、最偉大的夢想。在那短暫的神奇時刻裡，人類必定是面對這塊大陸而屏氣凝神，那種美使他們不由得陷入一種莫名的沉思，而這也是人類最後一次面對一個足以令他們感到驚嘆的景致。

我坐在那裡懷想著那個古老而不可知的世界，忽然想到當蓋茨比第一次認出了黛西家碼頭上的那盞綠光時，必定也有著同樣的驚奇。他千里迢迢好不容易來到這方青青草地，眼看著夢想就要實現，幾乎是不可能破碎的。但是他不知道這個夢早就落到後頭去了，落到紐約背後那片廣袤的黑暗之中，落到那片在美國夜空下綿延不盡的漆黑田野中了。

蓋茨比相信那盞綠光，相信那是一個能夠滿足他慾念的未來，只不過這個未來卻是一年又一年地在我們眼前倒退。未來曾經從我們手中溜走，但無所謂，因為明天我們會跑得更快，我們的手臂會伸得更長……總會有那麼一個美好的早晨——

因此，我們要像逆流的船隻，雖然不斷地被推回過去，仍要奮力向前。

史考特・費茲傑羅生平年表

1896	1	9月24日,誕生於美國明尼蘇達州聖保羅市。
1906	10	進入紐約水牛城的一間天主教學校,對文學開始產生興趣。
1908	12	原先因父親工作關係四處漂泊,父親遭開除後全家搬回聖保羅市。 費茲傑羅進聖保羅學院就讀。
1911	15	就讀紐澤西州紐曼學院。深受神父係格尼・費的影響,在文學中注入了美的精神。
1913	17	進入普林斯頓大學就讀。 開始嘗試短篇小說、戲劇、詩和書評,認識了未來的評論家和作家艾德蒙・威爾遜和約翰・皮爾。 活躍於社團——三角俱樂部,學業因此出現問題。
1914	18	大學二年級,因課業問題而喪失參加社團戲劇巡迴演出資格。

1915	19	熱衷於學校社團活動，進入頗爲活躍的棉花俱樂部，並擔任三角俱樂部要職。 課業再度出現問題，費茲傑羅因此提前離開學校。
1916	20	回到普林斯頓重修課業，社團活動減緩，改與文人交遊，爲校內的文學雜誌寫作。
1917	21	因世界大戰爆發，十月時輟學入伍。
1918	22	在服役期間與法官的女兒賽爾妲‧莎爾相識並相戀。
1919	23	退伍後，至紐約發展不甚順利。 因經濟原因，沒能力娶賽爾妲爲妻，賽爾妲與之解除婚約，費茲傑羅遂回聖保羅專心寫小說。
1920	24	出版《塵世樂園（The Side of Paradise）》，一舉成名，經濟獲得改善，如願與賽爾妲結婚。
1921	25	爲了維持妻子夜夜笙歌的開銷，費茲傑羅爲《星期六晚郵報》（Saturday Evening Post）寫短篇小說，此期間寫下的文章被費茲傑羅稱之爲低俗的作品。

1922	26	《美麗與毀滅（The Beautiful and Damned）》出版，書中對於婚後放蕩不羈、充滿迷惘與不安的心情表露無遺。 九月《爵士年代的故事（Tales of the Jazz Age）》出版。
1923	27	撰寫劇本《蔬菜（The Vegetable）》，但票房不佳。
1924	28	爲了尋找新的生活步調，節省開支，遷居至法國。認識作家歐內斯特・海明威。
1925	29	出版《大亨小傳（The Great Gatsby）》評價不錯，銷售狀況卻不甚理想。
1926	30	《所有悲哀的年輕人（All the Sad Young Men）》出版；改編自《大亨小傳》的舞台劇演出成功。
1930	34	賽爾妲精神狀況愈來愈差，最後精神崩潰。
1931	35	賽爾妲的病情漸好轉，暫時回到娘家休養。
1932	36	賽爾妲的父親去世，使得她精神再度崩潰而住院。

1933	37	完成《夜未央（Tender is the Night）》，自己的酗酒問題與賽爾妲的精神狀況令費茲傑羅傷透腦筋。
1934	38	賽爾妲精神三度崩潰，費茲傑羅因經濟問題，以及賽爾妲的病情之故，酗酒問題日益嚴重。
1935	39	短篇小說集《號音（Taps at Reveille）》出版。
1936	40	出版描寫己身緊張崩潰心情的文集《崩潰（The Crack-Up）》。
1937	41	至好萊塢擔任編劇工作。在派對中與席拉‧葛拉漢相遇相戀。
1938	42	因其所編寫的劇本遭到製片大加刪修，對於在好萊塢的發展喪失信心。
1939	43	開始著手寫《最後一個影壇大亨（The Last Tycoon）》，並為雜誌寫短篇小說，做些少許的編劇工作。
1940	44	持續完成《最後一個影壇大亨》。但在 12 月 21 日心臟衰竭發作前，只完成了作品的四分之三。

Memo

Memo

大亨小傳 / 史考特·費茲傑羅著；顏湘如譯
-- 初版. -- 臺北市：笛藤, 2020.05
　　面；　公分
譯自 The Great Gatsby
ISBN 978-957-710-785-5(平裝)

874.57　　　　　　　　　　109006259

THE
GREAT
GATSBY

大亨小傳

2020年5月22日　初版第1刷　定價340元

作者	史考特·費茲傑羅
翻譯	顏湘如
美術設計	王舒玕
總編輯	賴巧凌
編輯	江品萱
編輯協力	林子鈺、陳珮馨
發行所	笛藤出版圖書有限公司
發行人	林建仲
地址	台北市中山區長安東路二段171號3樓3室
電話	(02) 2777-3682
傳真	(02) 2777-3672
總經銷	聯合發行股份有限公司
地址	新北市新店區寶橋路235巷6弄6號2樓
電話	(02)2917-8022·(02)2917-8042
製版廠	造極彩色印刷製版股份有限公司
地址	新北市中和區中山路2段340巷36號
電話	(02)2240-0333·(02)2248-3904
印刷廠	皇甫彩藝印刷股份有限公司
地址	新北市中和區中正路988巷10號
電話	(02) 3234-5871
郵撥帳戶	八方出版股份有限公司
郵撥帳號	19809050